集英社オレンジ文庫

マスカレード・オン・アイス

一原みう

本書は書き下ろしです。

マスカレード・オン・アイス

目次

イラスト／知子

人物紹介

白井愛　Sirai Ai

かつては将来を期待された若手フィギュアスケーターだったが、高一になった今、不調に悩んでいる。

スケートクラブでも「窓際」と呼ばれるグループに入れられてしまった。

6年前に悠理と交わした〝ある約束〟を果たすために練習を続けるが、経済的な理由などから、スケートを続けることすら難しくなり……？

白井華　Sirai Hana

愛の姉。昨シーズンで世界ジュニア二位に輝いた。しっかり者で、責任感が強い。

美少女スケーターとしてテレビで紹介され、周期の期待も大きいが、華は自分のスケートに〝致命的な欠点〟があると自覚していて……？

佐藤悠理　Sato Yuri

愛が小学生のころ、カナダからやってきた帰国子女。

同じリンクで滑っていたが、悠理のスケートはずば抜けて美しかった。

ある日を境に、突然リンクに来なくなってしまったのだが……。

マスカレード・オン・アイス

Masquerade on ice

一原みう

フィギュアスケート雑誌「The Skaters」vol.6に、日本人初の快挙を成し遂《と》げた、フィギュアスケーター白井愛《しらいあい》のジュニア時代のインタビューが残っている。


――白井選手が本格的にフィギュアスケートをはじめたきっかけは？

――同じリンクで滑っていたある友達の演技に惹《ひ》かれたんです。

――その子は？

――引っ越してしまったので、今はどこにいるのかわかりません。でも、スケートをやっていれば、会えるんじゃないかと思っています。

――全日本選手権ですか？

――いえ、世界選手権で。


（インタビュアー　山瀬美奈子《やませみなこ》）

一　東京　ガブリエルのオーボエ

二〇一五年七月。

早朝でもすでに蟬《せみ》が鳴きはじめている。

西東京にある大泉《おおいずみ》スケートセンター。

「やばい……遅刻……」

愛《あい》は、ぼさぼさの長髪を後頭部で一つにまとめながら、ロッカールームに走る。

スマートフォンの時計を見ると、もう六時五分。練習開始時刻まで、あと十分しかない。

着替えをすませ、スケート靴《ぐつ》を履《は》いてリンクに入る。その途端、足元から冷気がたちのぼる。夏場はこのひんやり感が心地よい。顔見知りのスケーターたちもリンクに集まってくる。

小学生から一般の大人まで、さまざまな年代の人たちがいるが、シーズンが終わった年明け頃から、ずいぶん顔ぶれが変わった。愛と同じ、高校一年生のスケーターはいない。皆、高校受験を機にやめてしまった。

（よかった。間に合った……）

　愛はリンクサイドのベンチに座り、スケート靴の紐《ひも》を結びなおす。一カ月前に新調した靴と紐は、ようやくなじんできた気がする。

　フィギュアスケートのシーズンは七月にはじまる。国際スケート連盟の新年度が七月一日だからだ。まだ夏真っ盛りだが、すでに各地でアイスショーが行われ、力試しの小さい大会が行われている。

　今シーズンの愛の初戦は二カ月後、九月下旬《げじゅん》に行われる東京ブロックだ。十一月に開催される全日本ジュニア選手権への出場権を得るには、日本全国六カ所で開催される地方大会――ブロック大会を勝ち上がり、東日本選手権もしくは西日本選手権で上位に入らなければならない。

（今日こそ、ジャンプを決めないと……）

　スケートクラブによって方針は違うけれど、この大泉スケートクラブでは一日に三回、練習することができる。早朝一～二時間の朝の貸切練習、一般滑走の時間帯の自主練習。そして、一般滑走が終わった後の、一時間の夜の貸切練習だ。一般滑走の時間は一般客の妨げにならないよう、危険な技は禁止されている。そのため、ジャンプの練習は朝と夜の練習に限られる。

「愛、遅かったじゃん」

姉の華《はな》ちゃんがリンクサイドに寄ってくる。大学一年生の華ちゃんは、進学を機に学生寮で一人暮らしをはじめた。ぼさぼさ頭を適当にまとめただけの愛と違い、華ちゃんはどんなときも、複雑に編み込んだおしゃれな髪型をしている。ほつれが出ないよう、しっかりピンで留めてあり、練習中もみだれることがない。

ちょっと前までは、愛もおそろいの髪型に結ってもらえたのに――。

「だって、起こしてくれる人がいないんだもん！」

「姉のありがたみを思い知ったでしょ」

「う……。まあね……」

「東京ブロック、がんばってよ。なるべく応援に行けるようにするから」

「いいよ、わざわざ観に来なくったって。華ちゃん、自分の試合もあるのに」

昨シーズン好成績を上げ、国際試合への派遣が決まった華ちゃんは、全日本選手権の予選であるブロック大会等を免除されている。また、今年からシニアに上がった華ちゃんとジュニアの愛が同じ試合に出ることはない。

「愛の演技を観たら落ち着くんだよ。今シーズンから試合会場が別になるから、なんか寂しいよね」

「すぐに追いつくよ」

「そっか」

愛はエッジケースをはずし、氷の上にのる。皆と同じように、リンクを反時計回りに周回する。エッジを倒し、ぎゅんぎゅんスピードを出すと、靴の下でエッジがごりごり、ぐりぐりとうなるような音を立てる。スピードにのって滑り、蛇行《だこう》し、氷の状態や靴の状態を確かめる。

体が温まった頃に、インストラクターの先生方が現れた。個人について見る場合もあれば、グループで見る場合もある。先生に呼ばれない間は、各自、空いているスペースを見つけ、自主練をする。リンクの中心にいるのは、スピンやステップの練習をする子たち。皆、主に自分のプログラムのエレメンツを練習している。

愛は、ジャンプの自主練だ。

(今日こそ、ジャンプを成功させて『窓際』から抜け出さないと——)

大泉スケートクラブのスケーターには、ひそかに会社のような序列がある。一番やり手の和田《わだ》先生が指導する、全日本選手権出場クラスの『エリート組』、それに次いでうまい子たちのいる『正社員組』、それから、一番若手の小川《おがわ》先生が指導する、落ちこぼれの『窓際』だ。すべてのネーミングは保護者たちによるもので、『窓際』は会社で第一線のポストからはずされ、閑職《かんしょく》に追いやられたサラリーマンにちなんでつけられた。

三年前——このリンクに移った当初、愛は華ちゃんと一緒に、『エリート組』に入っており、将来を期待される若手スケーターの一人だった。が、一昨年の成績不振で『エリート組』の和田先生に見限られ、『正社員組』に降格。昨シーズンの全日本ジュニアの惨敗《ざんぱい》で、年下のスケーターたちと一緒に基礎を練習する『窓際』に入れられることになった。

　このグループに入ると、もう第一線に戻ることはないと言われている。事実、一緒に練習していた『窓際』のスケーターたちは全日本選手権の予選である地方大会を勝ち上がることなく、次々とやめていった。『窓際』にいたら、愛も同じ運命を辿《たど》ってしまうかもしれない。そんなのは嫌だ。

　だから――。

（今日は、先生たちの目の前で五種類の三回転ジャンプをすべて成功させる。でもって、一日も早く『窓際』を脱出する！）

　誰もいないコーナーめがけて、愛はスピードを出した。

　まずはトウループ。まっすぐ前向きに滑り、勢いにのったところで、くるっと体を反転させる。後ろ向きで左足のトウ（ぎざぎざの部分）で氷を突き、跳び上がる。

　トウループは六種類のジャンプの中で、もっとも難度が低いジャンプだ。

　少し詰まったが、片足で着氷できた。氷の感触がしっかり足先に伝わっている。

（よし、今日はいけそう！　次はループ）

　後ろ向き姿勢のまま、愛は次のジャンプの場所に向かう。FS《フリー》でループを入れている場所だ。右足外側のエッジで滑りつつ、その勢いを利用して、右足で踏み切りジャンプ！

足を交差させ、くるくるくるっと回る。氷の上を流れるようなランディング。

（やった！）

リンクサイドの保護者席から、パラパラと拍手が起きる。あの拍手はきっと愛に向けてのものだ。和田先生も、小川先生も別の生徒さんの指導で忙しく、愛のジャンプは見ていなかった。だけど、誰かに自分の演技を見てもらえたというのは、とてもうれしい。

フィギュアスケートのジャンプは全部で六種類ある。同じ回転数のジャンプを難度順に並べると、アクセル、ルッツ、フリップ、ループ、サルコウ、トウループとなる。ほとんどのジャンプは後ろ向きに踏み切り、後ろ向きに着氷するが、唯一、アクセルジャンプは前向きに踏み切り、後ろ向きに着氷するため、回転が半回転多い。

愛は、高難度のルッツが苦手だった。

ルッツはほかのジャンプより、練習スペースをとる。リンクを斜めにつっきるように、後ろ向きに滑走し、右足のトウをつく。体の重心を外側に倒し、アウトエッジで踏み切る。体を縮めて、跳ぶ！

（あ、ダメだ）

跳び上がった瞬間にわかる。タイミングが合わなくて、体が開いてパンクしてしまう。ほかのジャンプと違い、進行方向と逆方向に跳び上がる。それがルッツの難しさだ。

もう一度――。ステップの練習をしているスケーターが通り過ぎた後、愛はルッツに再挑戦する。回転不足を気にすると体が縮こまってしまう。強気でいかないと、空中で回れない。三度目の挑戦は回転が足りず、両足で着氷した挙句《あげく》、バランスを崩してお尻から派手に転んでしまった。そういうときに限って、和田先生が鬼のような形相《ぎょうそう》でこちらを見る。

　小さい頃から転倒の練習をしているから、転ぶのは慣れている。だけど――

（四回目――！）

　空中姿勢を考えすぎたあまり、空中で軸《じく》が解けてしまう。こうなると、いつもと同じ負のループだ。失敗のイメージをひきずり、得意なジャンプまで跳べなくなってしまう。転倒、抜け、パンク――。

　リンクにいるほかのスケーターたちの邪魔にならないよう、愛はフェンス側に寄り、息を整える。スケート靴の重さなんてふだん考えたことがないのに、失敗が続くと、なんとなく靴に違和感を覚えるようになる。

（靴が悪いんじゃないのに……。どうしてジャンプが跳べなくなったんだろう――）

　小学生の頃は、ジャンプもスピンも簡単にできていた。

　一般に女子スケーターは十代前半の第二次性徴《だいにじせいちょう》と共に不調の波がくると言われている。体型の変化が影響し、今までできていたことができなくなるという。が、それは一過性で、成長が落ち着けば、また勘を取り戻せるようになるそうだが、愛は小学生のときと比べても、身長と体重に増減がない。姉の華ちゃんは一メートル六十五センチでスケーターにしては長身だが、愛は一メートル四十七センチ。小学生のときと同様、小柄なままだ。身長が伸びたら、新しい練習着を買ってあげると言われたけれど、いまだに華ちゃんのお下がりを着ている。

(体脂肪率《たいしぼう》も変わっていないんだけど……)

不調の原因はわからない。ジャンプが低いという自覚はある。小川先生には、基礎の練習を続けていれば、そのうち跳べるようになると助言されたけれど、いつになったらこの状態から抜け出すことができるのだろう。

(そうだ。気分転換で二回転アクセルを跳んでみよう)

二回転アクセルは、陸上でも自力で跳ぶことができるジャンプだ。

愛は背筋を伸ばして、体を左右にひねり、軸を意識する。軽い助走から脇をしめて、前向きに跳ぶ。小さい頃から言われ続けたことを頭の中で復唱する。が、負のループに陥《おちい》ると、得意のアクセルでさえ、着氷でバランスを崩してしまう。姉の華ちゃんがジャンプの助走で向かってきているのに気づき、慌ててよける。

「こら、妹！　やる気がないならリンクから上がれ！」

『エリート組』のほうから、野太い怒声が愛に飛んだ。このリンクで最年長の和田先生――六十五歳。白髪で、のっぺりした顔だち。どことなく日本昔話に出てくる風貌《ふうぼう》をしていることから、「ぬし様」と呼ばれている。しかし、温和な外見に騙《だま》されてはいけない。スパルタ教育で有名なコーチだ。このリンクでは彼が絶対。口答えすることはできない。

ノービスからジュニアに上がってきたばかりの、中学一年生のスケーターたちはみんな楽しそうにジャンプに挑んでいる。なんでも簡単に習得できて、上達することが楽しくてたまらない時期。あの子たちからすると、愛がジャンプを跳べない理由なんてわからないに違いない。

(あの頃に戻りたい……)

「愛ちゃん、ジャンプの練習はこれ以上はやめたほうがいいよ」

ダウンコートを着た小川先生が愛のもとに近づいてくる。二年前に現役《げんえき》を引退したばかりの、まだ二十代の女性の先生だ。

「でも……」

「怪我《けが》をしたら元も子もないでしょ。あとは夜の練習のときにしなさい。ね」

小川先生の言葉はやさしい。ぬし様とセットでクラブの飴《あめ》と鞭《むち》だと言われている。だけど、このリンクにいる皆はわかっているのではないだろうか。小川先生がやさしいのは、愛が『窓際』だからだ。先生たちが厳しく指導するのは、見込みのある生徒に対してだけ。

頭ごなしに怒鳴られたほうがまだましなのだ。

「あの子、白井《しらい》愛ちゃんじゃない？　華ちゃんの妹の」

「ああ、あの子が愛ちゃんなのね。動きはお姉ちゃんとよく似てるわね」

リンクサイドのベンチを通りすぎたとき、大人たちの声が耳に入った。

ベンチには保護者や、この次の練習時間の生徒さんたち――主に華ちゃんのファンの子たち――が座って見学している。

この弱小スケートクラブがにぎわっているのは、華ちゃんの活躍が大きい。華ちゃんはこのスケートクラブ創立以来、初めて世界ジュニアの銀メダルをリンクに持ち帰り、コーチである和田先生の名を一躍有名にした。

姉妹でスケートをやっていると、華ちゃんの紹介ついでに妹の愛までテレビで取りあげられることもあるから、スケートファンの間では愛の名前もそこそこ知られているらしい。が――

「愛ちゃんって、ジャンプの跳べない華ちゃんだよね」

「華ちゃんの妹なのに『窓際』なのね……」

第三者の声は容赦《ようしゃ》ない。姉にできたことは、妹もできるに違いない。世間はそういう目で見る。だけど、愛の場合は世間を失望させてばかりだ。人の声が耳に入ってくるということは、集中できていない証拠だ。でも、くやしい。

「雑音は気にしちゃだめだよ」

すれ違い際、華ちゃんがポンと背中を叩いてくる。華ちゃんは慰《なぐさ》めてくれるけれど、愛が『窓際』に入ってから、華ちゃんとの差はどんどん開いていくばかりだ。

（やる気だけはあるんだけど……）

朝と夜の貸切練習のときは、本番さながらプログラムの曲をかけての練習——曲かけ練習が行われる。

フィギュアスケート競技は、SP《ショート》、FS《フリー》の二つのプログラムを滑った総合点で競われる。女子シングルの場合、SPは二分五十秒以内。その時間内に三つのジャンプ、三つのスピン、ステップシークエンスの七つのエレメンツを行う。

FSはジュニアでは三分三十秒±十秒。その時間内に七つまでのジャンプ、三つまでのスピン、ステップシークエンスの十一のエレメンツを行う。

曲かけ練習は一人ずつしかできないため、その間のリンクの使用権は、曲をかけてもらっているスケーターが優先される。

この日一番にかかった曲は、オペラ蝶々《ちょうちょう》夫人の「ある晴れた日に」。華ちゃんのFSプログラムだ。

日本代表の次世代エースとして、皆の期待を背負っている白井華、大学一年生。

衣装を身につけているわけではないのに、華ちゃんが出てくると、リンクの空気が変わる。

春先に海外の有名な振付師につくってもらった新しいプログラム。六月のアイスショーで披露した内容に若干《じゃっかん》、修正を加えるらしい。華ちゃんの傍を、ビデオを片手に和田先生が伴走《はんそう》する。

ステップから、いきなり三回転ルッツと三回転トウループの難しいコンビネーション。

高難度のジャンプを華ちゃんはあっさり決め、片足できれいに着氷する。氷面から離れているほうの足――フリーレッグの、膝から爪先《つまさき》までしっかり伸びた美しさは、世界でもトップクラス。昨シーズンの世界ジュニアで二位に入り、シニア本格参戦となる今シーズン。皆の期待を一身に背負っている。

華ちゃんの持ち味は、安定感だ。どんな大舞台でも、練習でも、大崩れすることはない。

「すごーい。さすが世界ジュニアの銀メダリストね」

リンクサイドの見学者がまた騒ぎはじめた。

「神奈川の大手クラブに移る話があったそうだけど、和田先生が止めたそうよ」

「そうよね、華ちゃんがいるだけでこのリンクの宣伝になるものね」

「和田先生、世界ジュニアの表彰台に立たせるために、華ちゃんを十七歳までジュニアに残したんですって。先生の期待に応じて、きっちり結果を出すところがさすがよね」

フィギュアスケートの競技会には、ノービス、ジュニア、シニアの三段階の年齢区分がある。日本国内では基本的に、十歳以上十三歳までがノービス。十三歳以上十八歳までがジュニア。それ以上がシニアとなっているけれど、シニアの試合には十五歳から出ることができる。

いつシニアに移行するかは選手によって違う。才能があり、年上の選手に交じっても遜《そん》色《しょく》がないと認められれば、十五歳で鮮烈なシニアデビューを飾ることもあるし、華ちゃんのようにジュニアで実績をつけてから、シニアに移る選手もいる。

「あー、うちの子も華ちゃんみたいにうまくなってほしいわ。和田先生に可愛《かわい》がられて、つきっきりで指導してもらってうらやましいわね」

「美人でスタイルもいいって、本当に得よね」

華ちゃんは――おそらく、そういう大人たちの褒《ほ》め殺しのような声も聞こえてはいるのだけれど――、聞こえていないふりをする。トップスケーターになるには、技術だけではなく、強いメンタルも必要なのだ。

いけないいけないいけない。愛は頰《ほお》をたたいて、自分に気合いを入れる。華ちゃんをみならって集中しないと。華ちゃんの決めた三回転ルッツ。しっかり見て、学んで、今日こそ、きっちり降りないといけない。

華ちゃんのジャンプは、愛と同じく高さはそれほどないが、幅があるジャンプで、滞空時間が長い。それから、過不足なくきっちり回転する。一連の流れは正確で、教則本にのっているようなジャンプだ。

（一、二、三……。このタイミングか）

愛は華ちゃんのジャンプを頭の中でシミュレーションする。その場で脇をしめてスピンのようにぐるぐる回り、ぱっと両手を広げ、足を上げ、ランディング姿勢をとる。ジャンプの軸《じく》を体で確認するためのトレーニングだ。

（うん、あとでもう一度やってみよう……）

愛がフィギュアスケートを本格的に習いはじめたのは、小学校の低学年。三歳や四歳からはじめる子もいる中で、スタートは遅かった。だけど、同年代の中で一番はやく三回転ジャンプが跳べたのは愛だったし、ジュニアの試合に出場できるバッジテストに真っ先に合格したのも愛だった。小学生の頃は、華ちゃんよりジャンプの才能があると言われ、コーチに期待されていた。三回転アクセルの練習をすることもあった。

しかし、十二歳のときに全日本ノービスAに出て三位――それが愛のピークだった。華ちゃんと同じくらい練習しているはずなのに、華ちゃんと同じくらい上達するどころか、どんどん悪くなってきている。二年前にできたことが今は思うようにできない。

（何がいけないんだろう。華ちゃんの真似《まね》をしたら、世界ジュニア二位のジャンプが跳べるはずなのに……）

華ちゃんが遠ざかって行ったのを確認し、愛は空いたスペースで再度ジャンプの練習をする。

華ちゃんがたった今、やったのと同じジャンプ。助走の後、左足のアウトエッジを踏みこんで、右足のトウを氷に突き刺し、跳び上がる。最高難度のルッツ。

頭の中では、華ちゃんのように華麗《かれい》に三回転して、片足で着氷したはずだったのだが、回転が足りず、両足になる。しかも体勢を崩し、手をついて転んでしまう。もう一度やってみる。今度は片足で降りられたが、氷上でぐりっと降りてしまう。試合で回転不足をとられてしまうジャンプだ。

「愛ちゃん！　今日はジャンプはやめなさいって言ったでしょう?」

小川先生のお小言《こごと》がとんでくる。先生たちの指導は鬼気迫る。それも愛情ゆえだと誰かが言った。スケートのレッスン代は普通の習い事より高額だ。だから、一回一回が真剣勝負なんだと。

そうこうしているうちに、曲かけ練習の順番が回ってきた。

「愛ちゃん、ぼんやりしない！」

「すみません！」

スタート位置につき、フラメンコのようなポーズをとると、前奏がはじまる。

SPの曲は、昨シーズンと同じ「マラゲーニャ」。スペインの踊りは見映えがするので、フィギュアスケートでよく使われる曲だ。小川先生も現役《げんえき》時代に使ったことのある曲らしく、思い入れがあるのが伝わってくる。

カスタネットの刻み音を聞きながら、愛はジャンプの体勢に入る。

（三回転トウループと三回転トウループのコンビネーション……）

さっきの華ちゃんのジャンプのイメージで、遠くに踏み切る。

一人で練習していたときは降りていた三回転トウループはオーバーターン。なんとか体勢をたてなおし、二回転のトウループをつける。小川先生は微妙な顔をして、こちらを見ていた。

続いて三回転のループ。これはまずまずの出来。

「愛ちゃん、もっと音楽を聴いて！　どうしたの。全然動きが合ってないよ！」

小川先生の檄《げき》がとんでくる。

ジャンプを確実に決めるために、細かい振付やつなぎの部分を減らした。でも、そうすると、モチベーションが下がる。滑って跳んで、滑って跳んでだけのプログラム。華ちゃんの凝《こ》ったプログラムと比べると、つまらない。つまらないと思うと、余計にやる気が出ない。もっとも、この簡易版プログラムさえも滑りこなせていないのだから、仕方ないのだけど。

基礎点が一・一倍になる後半に二回転アクセル。

後半に入って、曲は盛り上がり、スピードが上がっていくのに、気持ちがついていかない。滑っている最中も、昨シーズンの全日本ジュニアのときはここで転んだとか、ステップを間違えたとか、スピンの入りでトラベリング——スピンの軸が安定せず、回る位置が動いてしまう――をしてしまったとか、悪い思い出ばかりが頭に浮かぶ。

レイバックスピンからビールマンスピンで締めくくり、ポーズを決めて、フィニッシュ。

ジャンプ以外はよくも悪くもない。全体的な出来は、百点満点中、五十点あたり。

小川先生は「まあ、こんなものか」という顔をする。小川先生は、愛に対して、最初から何も期待していないようで、滑り終わった後、何も注意されないのもつらい。

でも、このプログラムじゃだめだ。『窓際』から抜け出せない。どうにかしないと――。

「小川先生、待ってください！」

練習後、愛は事務所に引き上げる小川先生をつかまえる。

「先生、ジャンプ構成を変えたいんです。コンビネーションを三回転トウループ＋三回転トウループから三回転ルッツ＋三回転トウループに変更したいんですけど」

フィギュアスケートのエレメンツにはそれぞれ基礎点がついている。

コンビネーションジャンプの点数は、単純に二つのジャンプの基礎点を足したものだ。

点数は、シーズンによって変わることがあるが、二〇一五年～一六年シーズンの三回転ジャンプの例を挙げると、三回転アクセル（8.50）、三回転ルッツ（6.00）、三回転フリップ（5.30）、三回転ループ（5.10）、三回転サルコウ（4.40）、三回転トウループ（4.30）。

同じ三回転＋三回転のコンビネーションでも、頭にルッツ（6.00）を持ってくるか、トウループ（4.30）を持ってくるかで、一・七点も点差がついてしまう。たとえ愛がノーミスで滑ったところで、ほかの選手のミス待ちなのだ。

「ああ、ルッツなんて、練習でも跳べていないのに、プログラムの中に入れてもできるはずないよ。下手《へた》に入れて、回転不足とられたら意味がないでしょう?」と小川先生は言った。

「だったら、せめてソロジャンプをループからフリップに……」

「愛ちゃんの場合、ひとつジャンプをミスすると、あとの演技に響くから、まずは確実なものを入れたほうがいいんだよ。それにフィギュアスケートはジャンプだけじゃないよ」

小川先生は人当たりはいいが、熱血派ではない。いつも、うまくあしらわれてしまう。でも、それじゃあダメだ。このままずるずると『窓際』にいたら、スケートが嫌いになってしまう。ちゃんと自分の言いたいことを言わないと……。

「小川先生……使いたい曲があるんです。『マラゲーニャ』だと、どうしても昨シーズンのいやなイメージが蘇《よみがえ》ってきて……。あの……CD持ってきたんですけど。以前、華ちゃんが使っていた曲で……。これがだめなら……」

小川先生は愛がさしだしたCDを見ようともしなかった。

「愛ちゃんは華ちゃんを意識しすぎ。華ちゃんになろうと思ったって、無理だよ。愛ちゃんに大事なのは、今のプログラムを完璧《かんぺき》に滑ること。そうすれば、確実に東日本選手権に進めるから。そうしたら、全日本も見えてくるよ。シーズンまであと二カ月あるから、焦ることはないよ。じゃ、夜練でね」

　近年のフィギュアスケートブームで、初心者クラスが新しく二つも増え、小川先生は忙しくなった。取り残された愛は、溜息をつく。

　焦ることはないよと言われても、焦る。

　フィギュアスケーターの選手生命は短い。早い人は十代後半で現役《げんえき》を終えてしまう。十六歳になった愛に残された時間は、もう数年しかない。強化選手に入れなかったので、フィギュアスケート連盟主催の夏合宿にも声がかからなかった。

　小川先生は知らないが、中学時代の愛はジャンプが得意だった。三回転ルッツ＋三回転トウループをプログラムに入れていた。怠《なま》けていたわけではないのに、年をとるごとに皆ができることができなくなり、下から上がってきた人たちにどんどん追い抜かされる。『窓際』に入れられているから、よけいに焦る。

　世界ジュニアに派遣されるのは、原則として全日本ジュニアの上位三名だ。今年こそ、全日本ジュニアで表彰台にのらないといけない。そのためには、全日本ジュニア出場を目標としている今の練習ではだめだし、今のプログラムでもだめだというのは、素人《しろうと》でもわかることだ。小川先生は――先生なりの考えあってのことだろうけれど、愛の言葉を真剣に受け止めてくれない。

　今シーズンこそ、世界ジュニアに派遣されないといけない。

そこで――彼と再会しないといけないのに……。

「愛、待ってたんだ？　先に帰ってもよかったのに」

大泉スケートセンターのエントランスのベンチに座っていると、大学のTシャツとジャージに着替えた華ちゃんが出てきた。先生に今季のスケジュール表を渡されて、何やら話し込んでいた華ちゃんは、疲れた顔をしている。

「今日は補習がないから、華ちゃんと一緒に帰ろうと思って……。今日からしばらく家にいるんだよね？」

「うん、三、四日ほどね。今のうちに帰っておかないと、今年の夏は合宿やらショーやらで、ほとんど時間がないからね。衣装も取りにいかないといけないし」

華ちゃんはいっぱしのプロスケーターのような口をきく。昨シーズンの全日本ジュニア三位、世界ジュニアで二位に入り、注目されるようになってから、どことなく垢《あか》ぬけた気がする。

西東京のリンクから江戸川《えどがわ》区の自宅まで、電車で一時間。愛が中学生だった頃は、お母さんが車で送迎してくれたけれど、高校生になってからは電車を使う。

電車に乗っている時間は英会話のアプリを見たり、宿題をする時間。一人だと味気ないけれど、隣に華ちゃんがいるとほっとする。

電車の中で華ちゃんは、帽子を目深《まぶか》にかぶる。自意識過剰《かじょう》だと言う人もいるが、美少女スケーターとテレビで紹介されるようになり、プライバシーがなくなった。すっぴんで大学のジャージ姿だけど、スタイルがいいから、それでなくとも目立つ。

「華ちゃん、和田先生の話って、強化選手の夏合宿の話？」

「うん、それもあるんだけど、またお金のかかること。帰ったらお父さんとお母さんに相談しないと……」

華ちゃんは溜息をついた。大学進学し、華ちゃんは空いている時間にサンドイッチのチェーン店でアルバイトをはじめた。

「……バイトしても、足りないの？」

「うん、新しいブレードを買ったら、二カ月のバイト代が飛んでった。昨年までは何も知らなかったけど、本当にお金のことで、皆に甘えていたんだなって……。あっと、ごめんごめん、今のは忘れて。高校生の愛にはまだ早かった」

「フィギュアスケートってお金かかるって聞いたけど、そんなに……？」

子供はお金のことを気にするなと両親に言われ、習い事にどのくらいお金がかかっているのか、愛は具体的な金額を知らない。ただ、お母さんは家計簿をつけながら、時折渋い顔をする。愛が姉妹でフィギュアスケートをやっていることを知ったクラスメイトたちからは「お金持ちなんだね」と揶揄《やゆ》されたことがあったけれど、お父さんはごく普通のサラリーマンで、お母さんはパートに出ている。皆が持っているブランドの服やバッグ、自分専用のPCすら持っていないので、金持ちと言われるのは的外《まとはず》れな気がしてならない。

「うん、思った以上にお金がかかる」と華ちゃんは言った。「スケートと並行してバレエも習っているから、おばあちゃんの援助がないとやっていけないんだよね。だから、スケートは高校までと思っていたのに、まさかシニアに上がって続けないといけなくなるとは思わなかった」

華ちゃんは家族の前でだけ本音を言う。華ちゃんは、本当は昨シーズンで引退する予定だった。でも、連盟の人とコーチの和田先生に説得され、思いとどまった。

「そりゃ、華ちゃんは現役続行《げんえき》に決まってるよ。世界ジュニアで表彰台なんだから」

「何度も言っているけど、あれは完全なまぐれ。ほかの優勝候補たちがミスしてくれたから、棚《たな》ボタでメダルが取れただけ。誰もわかってないんだから……」

「そうかな？」

「日本では他の選手の放映がなかったから、愛は知らないんだよ。ガチでノーミス勝負したら、入賞も危うかったよ。ノービスから上がってきた若い子たちが三回転ルッツ＋三回転ループのコンビネーションをポンポン跳んでいるのを見ると、もうやる気がね……」

愚痴《ぐち》をこぼしているけれど、華ちゃんは責任感が強く、言われたことはきっちりやり遂《と》げる性格だ。だから、皆は華ちゃんに期待する。

　華ちゃんはスケートだけでなく、勉強もできる。試合に集中するためにスポーツ推薦《すいせん》で大学進学を決めたけれど、高校の担任の先生にはもっと上の大学と学部を狙えたと残念がられたそうだ。いろんなことができるのに、スケート中心の生活を送っている。

「せっかく大学に入ったのにスケート漬けで、友達ができないんだよね。皆、いろいろ声をかけてくれるし、いろんなことに誘ってくれるのに断ってばかりだから。あとね、フィギュアスケートばっかりやってきたせいで、自分があまりに常識知らずなことに驚いた」

「え……優等生の華ちゃんでも？」

　優等生という言葉に華ちゃんは少しだけむっとした表情をする。褒《ほ》め言葉のつもりなのだが、華ちゃんはそうはとらえていない。

「優等生って、しょせん、言われたとおりに動く人ってことじゃない。親や先生の言われたとおりに勉強して、スケートやって……。それだけの人だよ。私、スケートのことしか知らないから。周りが話を合わせてくれないと、会話が成立しないんだよね。芸能人とかドラマの話をふられても、よく知らないから、場をしらけさせてしまうし……」

「お母さんはそんなくだらない番組見なくていいって言ってたよ」

「うーん、それは半分正しくて、半分間違っていると思う。だって、私たち、その番組がくだらないかどうかを判断することもできないじゃない。見たこともないんだから」

「それはそうだ」

「でしょ？　スケート漬けの人生も悪くはなかったって、あとで振り返って思うのかもしれないけど、大学で知り合った人たちと話すと、皆、知識も話題も豊富ですごいって思う。皆、いろんな経験を積んでいるのに、私、スケートだけだもん。十八にもなって、毎日顔をつきあわせている成人男性といったらぬし様くらいで……。リンクにいる男の子は小学生、中学生だし…。あーあ、いつになったら普通の学生生活が送れるんだろう……」

華ちゃんは、また大きく溜息をついた。

二人が通っていた都内の中学、高校はイベントが秋に集中していた。秋は、フィギュアスケートのシーズン真っ只中《まただなか》だ。華ちゃんは国内外の試合に出るために、文化祭、体育祭に一度も参加できず、修学旅行にも行けなかった。

愛も、中学のときはスケートの練習を優先し、修学旅行に行かなかった。来年、高校二年になると、修学旅行があるけれど、よりにもよって十月にオーストラリアだそうだ。南半球は四季が逆転するから、ちょうど春の観光シーズンらしい。が、十一月には全日本ジュニアの試合がある。その直前に一週間も練習を休めるはずがない。また、修学旅行を辞退することになるのだろう。

いろんなことを犠牲にしたけれど、華ちゃんは世界ジュニア二位という結果を出した。その姿を見ると、励《はげ》まされる。こうやって愚痴《ぐち》をこぼすけれど、華ちゃんの犠牲は、決して無駄ではなかったのだから。

「愛も、よくがんばるよね」

　華ちゃんはぽつりと言った。

「なんで、愛が『窓際』なんだろう。小川先生は悪い先生じゃないと思うけど、愛が落ちこぼれには見えないんだよね……」

「もういいよ、華ちゃん。昨シーズンの私の成績を見たら、そりゃ、和田先生に見限られるのも当然っていうか。ジャンプが決まらないと、点数出ないのは当たり前だし」

「靴《くつ》はもう慣れた？　試合に合わせて慣らしておかないとだめだよ。靴ひとつで跳べるジャンプも跳べなくなるんだからね」

「うん、大丈夫。『窓際』から這《は》い上がれるようにがんばるよ。世界選手権でユーリちゃんに会わないといけないもん。約束したし」

「そうか……。そうだね……」

　華ちゃんは納得したようにうなずいた。

　ユーリというのは、二人が大泉スケートリンクに移る前に練習していたリンクで知り合ったスケート友達だ。再会を誓い、六年前に別れて、それきり――。

　噂《うわさ》ではカナダに引っ越したと聞いた。

「ユーリちゃん、今頃なにしているかな」

「……ユーリといえば……これ見た？」

華ちゃんはスポーツバッグから雑誌を取りだした。よく美容院に置いてあるゴシップ系の週刊誌だ。

「リンクにいたお母さん方が私のカラー写真が載っているってくれたの。ネットに出まわっているものをまとめたらしいんだけど」

「だっ、だめだよ。そういうものを見たら。メンタルやられるってお母さんが……」

「大丈夫大丈夫、笑える内容だから」

両親の教育方針上、愛も華ちゃんも雑誌やネットを見ないように言われている。特に華ちゃんが強化選手入りを果たしてからは、両親が検閲《けんえつ》して、見ても支障がないと思われるものしか見せてもらっていない。でも、そういう状態だからこそ、逆に同情して、ネットの噂を直接伝えてくれようとするリンクメイトもいる。ファンがファンレターにその内容を引用してきたり、スケート友達のママが教えてくれたり。善意でやってくれていることなのだけど。

雑誌の冒頭はフィギュアスケート特集で、シニア選手に交じり、ジュニア選手も取り上げられている。次のシーズンの一押し選手に華ちゃんの名前があがっており、

〈どうしても勝ちたい子がいる。白井華、リベンジを誓う！　芸術性では負けないとロシア勢に挑戦状！〉

という大きな見出しの下に、コスチュームを着て、リンクサイドに立つ華ちゃんの顔写真が掲載されている。滑走直前で集中しているので、あたかも睨《にら》んでいるようなきつい目つきだ。その華ちゃんの写真のふきだしに、

〈ユリヤ選手のことは小さいときからライバルだと思い、勝てるように研鑽《けんさん》を積みました。いつか国際舞台で戦う日が来ると思いますが、絶対に負けたくありません〉

「華ちゃん、こんなこと言ったの？」

強気な発言に愛は目を丸くする。華ちゃんは、人前で感情をむき出しにするタイプではない。マスコミは選手の対立を煽《あお》って、盛り上げるものだとわかっているが、いくらなんでもひどい。

「言うわけないよ。和田先生に発言にはくれぐれも注意するように言われているし。しかもこれ、ロシアのシニア選手に対して言ったんじゃないよ。インタビューでスケートをはじめた理由を聞かれたときに、負けたくないと思ったスケーターがいるって答えただけなのに、こんなにドラマティックに書かれたの。すごいよねえ、このジャーナリストの妄想力……」

「その……負けたくない子っていうのは……ユーリちゃん……だよね……」

「そう。ユーリの行方《ゆくえ》を知りたかったから、名前を出したの。そうしたら、たまたまロシアのシニア選手にユリヤっていう女子選手がいたんだよね。元女子シングル金メダリスト

の。その人と勘違いされたみたい」

「そうなんだ……」

華ちゃんの発言を強調するような、それらしき関係者のコメントも添えられている。

あきらかな捏造《ねつぞう》で、こんなのを読んだら愛は一週間は眠れなくなる。落ち着かなくて、皆に事実誤認だとふれて回るだろうけど、華ちゃんは動じない。むしろおもしろがっている。

「ここも見て！　芸術性では負けないって言った覚えもないのに……。まあ、こうやって私のキャラが作られていくんだよね。それにさ、これを書いた人、ユーリのこと、絶対に勘違いしたよね」

「……うん、ユーリちゃんって……男の子なのにね」

「外見はともかくね」

愛と華ちゃんは、ユーリの顔を思い出し、顔を見合わせて笑った。


二人の乗った電車は荒川《あらかわ》にさしかかる。車窓から見える土手の先に、昔、リンクがあった。そのことを知っている人は、今ではほとんどいない。

昭和時代につくられた遊園地に併設された六〇メートル×三〇メートルの国際規格のリ

ンクは、年中無休で、地元のアイスホッケーの選手が練習に利用していた。

当時、華ちゃんと愛は小学六年生と小学三年生。最初はそのリンクの中にあるスタジオのダンス教室に通っていた。でも、子供向けのスケート教室に有名なスケートの先生が来たと聞き、そちらにも通うことになった。

その頃、日本人フィギュアスケーターが世界で活躍するようになり、テレビで試合やアイスショーがよく放映された。きれいなコスチュームを着て、ジャンプを決めたり、スピンでくるくる回る女子選手は、少女たちの憧れだった。

リンクの年間利用パスを持っていたから、暇《ひま》な時間があれば、愛は華ちゃんと一緒にリンクに通った。小学生以下のグループレッスンで、二人はめきめきと頭角を現した。愛も華ちゃんも、習い事の一環で当時バレエと新体操をやっていたので、ほかの子供たちより柔軟性があり、見よう見まねでY字スピンやI字スピン、ビールマンスピンのポジションをとることができた。二人は先生やリンクメイトたちから「天才」とか「神」と褒《ほ》められ、いい気になっていた。井の中の蛙《かわず》とはまさにこのことだった。

そんなときだ。彼――ユーリがリンクにやってきたのは。

彼が初心者ではないのは、すぐにわかった。なんの躊躇《ためら》いもなく、氷の上に降りた彼は、貸靴でなく、自分のスケート靴を履《は》いていた。

「佐藤悠理《さとうゆうり》です。インターナショナルスクールの四年生です」

さらさらとしたアッシュブラウンの髪に色素の薄い茶色の瞳。西洋人形のように愛くるしい顔。華奢《きゃしゃ》な体型をしていたから、名前を聞いたとき、女の子だと誰もが思った。

「トロントのリンクで練習していました。ノービスの試合に出たことがあります」

アメリカ人の母親と日本人の父親を持つハーフ。帰国子女のユーリは、アナウンサーが喋《しゃべ》るような、きれいだけど、日常的には使わない日本語の喋り方をした。

ユーリは愛より一学年上の、小学四年生だった。背の高さはほとんど同じだったけれど、手足が長くて小顔のユーリは、雑誌の外国人モデルのようで、どの角度から見ても絵になった。

「父の仕事の都合で、しばらく日本に住むことになりました。よろしくお願いします」

ユーリはほかの子供たちのように、リンクに来て、いきなり氷の上で滑りだすことはなく、滑る前に、陸上で入念にウォームアップやストレッチをした。

先生はユーリを子供たちのグループレッスンには参加させず、空いている場所で好きに練習させた。ユーリの保護者と事前に取り決めがあったのかもしれない。

特別扱いに当初、不満の声もあったようだが、ユーリの滑りを見た後は、誰もが納得した。

ユーリが住んでいたカナダはアイスホッケーが盛んな土地で、小さい都市にも必ず複数のリンクがあるという。体育の授業やリクリエーションにスケートを取り入れる学校もあり、子供たちは氷に慣れ親しんでいる。そういう環境で育ったせいか、ユーリは氷の上に立つと生き生きとした。そして、氷の上を数歩進んだだけで、いきなりトップスピードにのった。

皆は目を丸くした。

（スケートって……あんなにスピードが出るものなの？）

アッシュブラウンの髪をなびかせ、ぐるぐるとリンクを回る彼は、まさにトップスケーターだった。そして、ユーリはジャンプの体勢に入り、軽く跳び上がると、空中で回った。

それが愛が初めて生で見た、二回転アクセル＋三回転のコンビネーションジャンプだった。

（小学生でも三回転ジャンプが跳べる――）

それを知ったときの衝撃はすさまじかった。テレビで観た、どこか遠いところに住んでいる小学生ではなく、目の前にいる、愛とたいして変わらない身長の子がそれをやってのけたということが。

ユーリのすごさはジャンプだけではなかった。何度か競技会に出たことがあるというユーリは、すでに自分のプログラムを持っていて、それを皆の前で披露した。ノービスでは、ショートプログラムは滑らず、フリープログラムだけを滑る。

彼のフリープログラムの曲は、エンニオ・モリコーネの「ガブリエルのオーボエ」だった。映画のサウンドトラックらしいのだが、愛も、華ちゃんも聴いたことはなかった。

「競技用に作ってもらった大切なプログラムなんです。今はまだ完全に滑れないんですけど、練習を重ねて、いつか完璧《かんぺき》に滑りたいと思っています」

その音楽が響くと、リンクの空気が変わった。ゆるやかに紡《つむ》ぎだされるオーボエの旋律。重厚で美しい音楽。音楽と一体になったかのようなユーリの滑り。

氷上で演じているときのユーリは、表情が豊かで、引き込まれた。感情を表に出すことに恥じらいがないのは、北米で育った彼の気質なのかもしれない。

そして、彼は音にのって三回転＋二回転のコンビネーションジャンプを決めた。ぎこちなさのない、なめらかなスケーティングは、まるでシニアの選手のように成熟されていた。

キャメルスピンからレイバックスピン、それからフリーレッグを背後から頭上に持ち上げ、ブレードをつかんで回転するビールマンスピン。荒川リンクで一番うまかった華ちゃんがするビールマンスピンより、足が高く上がり、回転も速く、形もきれいだった。

（これだけ滑れるのに、完全じゃないなんて――）

言われてみれば、まだ振付が完成していないのか、流して滑る箇所《かしょ》もあったが、彼の滑りは誰の目から見ても完璧に思えた。

何より皆を虜《とりこ》にしたのは、フィニッシュポーズを決めた後のユーリの笑顔だった。

それまでの緊張感がとけ、現実に戻った瞬間の、ほっとした顔。その顔を見て、リンクにいる女の子たちは皆、一瞬で、ユーリに恋をした。

「ユーリがいたトロントってどこの国？」

「普段何食べてるの？」

「どうして三回転ジャンプが跳べるの？」

「なんでそんなに体が柔らかいの？」

「好きな芸能人は？」

練習が終わると、皆、我先にユーリの周りに殺到し、彼を質問攻めにした。

「Ｏｈ……」

すぐに英語の単語が出てくるユーリから話を聞きだすのは苦労した。だけど、ユーリはしだいに日本語の応酬《おうしゅう》に慣れ、ポツリ、ポツリと自分のことを語りはじめた。

ユーリには一歳年下の妹がいて、一緒にスケートを習っていたこと。妹はカナダの全寮制の学校に通っているため、お父さんの日本本社での一年勤務に、ユーリだけがついてきたこと。

ユーリのアメリカ人のお母さんは、トロントに残ってバレエ学校の講師をしているという。ユーリは日本に来るまで、そのバレエ学校に通っていたらしい。

間近で見ると、彼の透けるような肌の白さとか、彫りの深いきれいな顔、カーブしている長い睫毛《まつげ》、不思議な光彩の瞳にあらためて驚かされた。

ユーリは家庭内で「ユーリちゃん」と呼ばれているようだった。

「妹がおそろいがいいと言うから、一緒にちゃんづけで呼ばれているんだ」

それで、皆もユーリのことを「ユーリちゃん」と呼ぶようになった。実際、彼の外見は女の子のようだったから、ちゃんづけでも、まったく違和感がなかった。

ユーリはスケートの質問ならいつも誠実に答えてくれた。前向きのジャンプに恐怖心を持っている愛がアクセルジャンプの秘訣《ひけつ》を聞いたときも、「アクセルはGOって感じで跳ぶんだよ」と説明してくれた。彼の説明はいつも感覚的なもので、よくわからなかった。だけど、にこにこしているユーリの顔を見ると、愛も、皆も幸せな気分になれた。

ユーリはたいてい一人で練習していたけれど、初心者用の指導のときは、お手本として先生に呼ばれた。一人うまい子がいると、リンクは活気づく。それもユーリのようにかわいい子なら、なおさらだ。

「ハーフの美少女スケーターがいる」

という噂《うわさ》を聞きつけて、一般滑走の時間に、ユーリを一目見ようとお客さんがかけつけた。

華ちゃんは年下のユーリに対し、妙なライバル意識を抱いていたが、愛は――純粋にユーリの演技に憧れた。

「ガブリエルのオーボエ」を滑るユーリは美しかった。ユーリは日本で選手登録をしなかったから、競技会でこのプログラムを披露するのは、一年後、カナダに帰ってからのことになるのだろう。大切なプログラムと言ったとおり、彼はその音楽を全身で表現しようとした。

あんなに優雅《ゆうが》に踊れたら、あんなに高く跳べたら、あんなに速く回れたら、あんなにスピードが出たら――。どんな景色が見えるんだろう。ユーリはどんな気持ちで滑っているんだろう。

時間があれば、愛はユーリの演技を見た。ユーリがリンクを滑走するときは、彼の後ろについて滑走した。ユーリの神経のいきとどいた指先を見て、同じことができるように試してみた。

ユーリの真似《まね》ばかりする愛を、皆はあきれたように見ていた。ユーリにもあきれられた。だけど、いいこともあった。

ある日、突然、愛はユーリと同じジャンプが跳べたのだ。

それはなんという名前のジャンプか知らなかった。どのジャンプを跳んだという意識もなかった。トウをつくとか、イン、アウトで踏み切るとか、そういうこと一切を考えていなかった。

ただ、ユーリと同じように跳びたいと願った。そうしたら、跳べた。彼の動きを再現したら、空中で回れた。先生に教えてもらうより先に、愛は三回転ジャンプが跳べたのだ。

ユーリは「マジ？　マジすげー！」と覚えたばかりの日本語のスラングを繰り返し、大げさに頭をかかえた。

ユーリはおもしろがって、愛にいろんなジャンプのお手本を見せてくれた。二回転のルッツ、フリップ、サルコウ、ループ、トウループ、アクセル……。全部すぐにマスターできたわけではなかった。数えきれないほど転んだ。でも、あきらめずにユーリの動きや体の重心を見て、練習した。気がつくと、ユーリと同じことができていた。

「愛、同時に跳んでみよう。タイミングを合わせて！」

ユーリに誘われて、一緒に連続ジャンプを跳ぶこともあった。

「え……。ちょっと待って、どうして愛もルッツが跳べるわけ？　アウトエッジってどうすれば……。待ってよ。いつの間に三回転のトウループをマスターしたの？」

華ちゃんはユーリだけでなく、妹の愛にまで先を越されて動揺《どうよう》していた。

「簡単だよ。ユーリちゃんの真似《まね》をすればいいんだもん」

「真似って……」

「ユーリちゃんの動きをじっと見て、コピーするの。で、頭の中でその立体映像を再現して、自分の動きをあわせるの」

「ちょっと愛……なに言ってんのかさっぱりわからない」

「だから……」

愛からすると、なんでもできる華ちゃんがなぜ、できないのかがわからなかった。

頭で理屈を考える必要などない。ただ、ユーリのように跳びたいと思って真似をするだけでいいのに――。

「マジかよ。マジすげー。トロントのリンクにも、こんなに簡単にジャンプをマスターした子はいなかった」

愛がスケートを習い始めてまだ二年半ということを知り、ユーリは本気で驚いたようだった。

「ユーリちゃんになったつもりで滑ったら滑れたの！」

「僕になったつもりで……？」

「そう。私は愛じゃない。ユーリちゃんみたいに素敵なハーフの子で、ユーリちゃんみたいにバレエが踊れるスケーターだと思ったの」

ユーリは目をぱちくりさせたが、「そうか、愛は仮面をつけられるんだ」と嬉しそうに笑った。

「仮面？」

「うん、役者とかでもあるよね？　演技をするとき役の仮面をつけるって」

「えーと、確かお母さんがそういう漫画持っていた気がする」

「漫画のことは知らないけど。仮面をつけるのは、すごく大事なことだって前に習っていた先生が言ってた」

「仮面を……つける……?」

「氷の上は劇場なんだよ。そして、リンクの周りにいるのはお客たち」

ユーリは腕を広げた。その瞬間、彼の後ろにいつだったかテレビで観た、世界選手権のリンクが見えた気がして、愛は目をこすった。目の錯覚《さっかく》だとは思うのだけれど――。

「仮面をつける……。それは……役者になれっていうこと?」

「もちろん、それもある。スケーターは誰もが役者ってわけでもないし、お芝居を演じる役者ではないけど、やはり……人前に出るときは仮面をつけないといけない。氷の仮面をね」

「氷の仮面……?」

愛はきょとんとする。ユーリの話はときどき理解できないことがあった。

(氷の仮面を顔につけたら、冷たいんじゃないかな。顔が凍って、笑えなくなるんじゃ……)

いろいろ思うことはあったが、熱っぽく語るユーリに水をさしたくなくて、愛は黙っていた。喋《しゃべ》っているユーリはきらきらしてまぶしかった。

「仮面はなんでもいいんだ。そのとき演じている役柄《やくがら》の仮面でもいいし、スケーターとしての仮面でもいい。大事なのは氷の上に立つ前に、必ず仮面をつけること」

どうして仮面をつけないといけないのだろう。それを訊こうとしたときだった。

「前に習っていた先生が教えてくれたんだ。滑走前に緊張したときにこうやって……」

（え……？）

ユーリは愛の両頬を両手で挟んだ。彼の色素の薄い目が近づいてくる。

（ち……近い近い近い！）

愛の顔は真っ赤になっていただろう。でも、彼の顔から目がはなせなかった。

「きみは何の仮面をつけるつもり？」

「え……？」

「答えて。愛、きみは世界選手権のリンクに立っている。今、きみは何の仮面をつけている？」

「え……？　何を演じるかわからないのに……。曲は……？　えっと……」

動揺する愛にユーリはやさしく言った。

「なんでもいいんだよ」

「じゃあ、スケーターになる。世界で金メダルをとれるスケーター！」

ユーリは愛の目をまっすぐ見つめ、うなずいた。

「きみはもう仮面をつけた。だから、大丈夫。さあ――行っておいで！」

気合いを入れるためか、頬をぺちっと叩かれた。愛の顔が苦痛でゆがむのを見て、ユーリのきれいな顔がくしゃっと崩れる。

「ね、変身できた気分だろ？　これでリラックスして滑れる」

「そ……そうかな……」

こんな至近距離でユーリに言われたら、リラックスするどころか、余計に緊張して滑れなくなるような気がする。ユーリにふれられた頰が熱かった。

でも、ユーリにそう言ってもらえると、なんだかその気になった。われながら単純なのだけど、金メダルがとれる女王のような気分で、気持ちよく滑ることができた。

「愛はのりやすいね」とおもしろそうにユーリは笑った。「リューバに似てる」

「リューバ？」

「トロントにいる僕の妹」

「ユーリちゃんの妹って、小さいの？」

「愛と同い年だけど、背は愛より高いかな。僕の後をついて、リンクでいつも僕の真似《まね》をしてた。リューバと一緒に滑るのは楽しかった。兄妹だと呼吸を合わせるのが楽だから。リューバは今もトロントのリンクで練習していると思う。いつか愛と華にも紹介するよ」

ユーリと妹の関係は、愛と華ちゃんの関係に似ていると思った。妹のことを語るユーリは、お兄さんの顔をした。

「トロントでは妹さんとどういう練習をしていたの？」

「うーん、例えば……」

ジャンプの高さがなく、うまく着氷姿勢《ランディング》がとれない愛に対して、

「本当は初心者にはやっちゃいけないんだけど」

という前置きをして、ユーリは秘密の方法を教えてくれた。

彼が補助をしてくれると、愛はいつもの倍以上、高く、長く跳ぶことができた。日本のリンクではそのトレーニングは禁止されているらしく、数回しかできなかったけれど、おかげで愛は着氷のコツをつかめた。

ユーリと一緒に滑っていれば、どんどん上達していけそうな気がした。ユーリも、妹を見るように愛の成長を見守っていてくれた。

「愛は絶対にスケートを続けるべきだよ。このままいけば、必ずワールドに行ける」

「ワールド？　世界？」

「そう、ワールドチャンピオンシップ」

（世界選手権……）

ユーリは世界選手権に出るのが当たり前のように思い、当たり前のように口にしていた。そう、今にして思えば、彼の滑りは、そもそも世界を目指す人の滑りだった。トロントでそういうトレーニングを受けてきたのだろう。

それまで、愛の周りで「世界」などという言葉を口にした人はいなかった。「世界をめ

ざす」というフレーズをテレビで聞くことはあったが、どこか別世界の、現実味のない言葉だった。でも、ユーリが口にすると、その言葉は輝きを放った。

「世界……」

ユーリの言葉は、スケートの世界など何も知らなかった愛に魔法をかけた。

「愛、僕はそう遠くないうちに日本を離れることになると思う。カナダに帰るけど——その後、どこに住むか、まだわからない。だけど、僕は世界をめざすよ。世界選手権なら、絶対に再会できると思う」

「世界選手権に行けば、ユーリとまた会える？　私、世界に行けると思う？」

「うん、愛ならできるよ」

ユーリは愛を励《はげ》ましてくれた。

華ちゃんでなく、愛の才能を認めてくれた人は、ユーリが初めてだった。

うれしくて、うれしくて、華ちゃんに数えきれないほどこの話をした。

「わかったわかった。でも、次に世界で会うときは、私がユーリをぎゃふんと言わせるからね。ジャンプだって六種類、完璧《かんぺき》にマスターするんだから」

ユーリの言葉は、負けず嫌いの華ちゃんにも火をつけた。その後、努力家の華ちゃんがどれだけ練習したか、それは傍で見てきた愛が一番よく知っている。

二〇〇九年のシーズンがはじまる前、ユーリは突然、リンクに来なくなった。

家庭の事情で、急にカナダに帰ることになったのだと聞かされたが、先生も、詳細は知らないようだった。海外を飛び回っているという、ユーリのお父さんの仕事の都合か、カナダは九月に新学期がはじまるからそれに合わせて帰国したのか――皆で憶測したけれど、本当のところは何もわからなかった。

当時、ユーリも、華ちゃんも、愛も携帯電話を持っていなかったし、メールのやりとりもしなかったから、お互いの連絡先を知らなかった。急なことで、お別れらしいお別れもなかった。だけど、不思議と寂しさを感じなかった。ユーリに魔法をかけてもらったから――。

「フィギュアスケートを続けていれば……。世界選手権に出られれば、いつか必ずユーリと会える」

ユーリがやめて間もなくして、荒川のリンクは老朽《ろうきゅう》化を理由に閉鎖され、華ちゃんと愛はインストラクターの先生の紹介で、現在の大泉スケートセンターに移った。

そこで本格的な指導を受け、夢に一歩近づけたと思った。

（……愛？　マジ？　マジすげー！）

いつか世界選手権で再会したときにユーリを驚かせたい。その一心でスケートを続けてきた。

なかなか思うようにはいかないけれど、今シーズンこそ、世界ジュニアに出られるようにがんばりたかった。そのために絶対に『窓際』から抜け出さないといけない。

スケートを続けている間、彼のことを忘れたことは一日たりともない。

ユーリは——アッシュブラウンの髪の、女の子のような顔をした少年は、今、どこで何をしているのだろう。


夕食の後片付けをし、夜の練習に行く準備をしていたときだった。

宅配便で巨大な荷物が届けられる。愛は二階に向かって叫んだ。

「華ちゃん、華ちゃん！　札幌《さっぽろ》のおばあちゃんから華ちゃん宛《あて》に誕生日プレゼントが来た！」

「えっ、私の誕生日、まだ三週間先だけど」

華ちゃんが不審そうに降りてくる。

ハッピーバースデーとプリントされたバルーンと大きな箱。札幌に住む、お父さん方のおばあちゃんからだ。化粧品《けしょうひん》会社を経営しているおばあちゃんは、熱心なフィギュアスケートファンで、愛と華ちゃんの大スポンサー様だ。

箱を開けると、カードが入っていた。達筆な文字が踊る。

〈華ちゃん、マスカレード・オン・アイス出演おめでとう。おばあちゃんもロシアに観に

行きます〉

「なにこれ。マスカレード・オン・アイスって何？　ロシア？」

目をぱちくりさせる愛に、華ちゃんは困った顔をする。

「ああもう……おばあちゃん、すごい早耳なんだから。実はまだオフレコなんだけど、来月のロシアのアイスショーに招待されたの。前の振付の先生がこのショーの演出に関わっているらしくて、声をかけていただいて」

「すごい……！」

愛の〝すごい〟は、アイスショーに呼ばれた華ちゃんと、その情報をいち早くつかんだおばあちゃんの二人にかかる。女社長のおばあちゃんは御年七十歳だが、語学にもＰＣにも強く、各国のサイトを自由自在に見て回る。ロシアのアイスショー情報も、ロシアのサイトに上がった瞬間に、もう知っている。ネットを満足に使わせてもらっていない愛や華ちゃんより、はるかに情報通《つう》なのだ。

「海外のアイスショーに呼ばれるってことはまずないから、光栄なことだと連盟の方はおっしゃったんだけど、この公演、シニア合宿の直前で、リハを含めて三日間なんだよね。行くとなったら、往復のフライト入れて五日、フライトによっては下手《へた》すると六日もつぶれてしまうの。行くなら行くで、ロシアのビザの手配をしないといけないから、早めに返事しないといけなくて」

「ロシアだよ！　無料で海外旅行できるんじゃん！　行きなよ！」

「航空チケットと宿泊代は主催側が負担してくれるみたいだけど、ちょうどこの頃、大学のスケート部の夏合宿もあるんだよね。一年だから休みづらいし、バイトもこれ以上、シフトをかわってもらうわけにもいかなくて……。バイト休むと英会話教室のレッスン代が払えないし……」

華ちゃんはそのことをお父さんとお母さんに相談するつもりだったそうなのだが、お父さんは残業、お母さんは夜勤のパートで帰りは遅い。

「お金のことなら大丈夫だよ。おばあちゃんが観に行くって言っているから。ほら、もう旅行会社に申し込んじゃったって、おばあちゃん、カードに書いてあるよ。それでこのプレゼントなんだ」

中に入っていたのは、オーダーメイドの衣装だ。華ちゃんの優雅《ゆうが》さが際立《きわだ》つような、上品なデザイン。総レースの袖口《そでぐち》は長い腕をよりいっそう美しく見せることだろう。

「これ、すっごくいいよ。さすがおばあちゃん、センスある」

「あー、世界ジュニアのときのエキシビション衣装、おばあちゃん気に入らなかったらしいんだよね。いらないって言ったのに……」

華ちゃんと愛の競技用衣装の大半は、既製《きせい》のコスチュームにお母さんがラインストーンや袖口をつけてくれたものだ。フィギュアスケートを習っている子供を持つお母さんの中には、費用のかかる衣装を自分で作る人も多い。そうやって長年培《つちか》ったスキルで、プロ顔負けの衣装を作ってしまう人もいる。

　でも、化粧品会社の女社長で、美意識の強いおばあちゃんからすると、お母さんが作る衣装は「ださい」らしく、華ちゃんと愛の衣装はいつも二人の火種になる。

「おばあちゃんの心遣いはうれしいけど、これでお母さんの機嫌がまた悪くなりそう……」

「いいんじゃない？　せっかく作ってくれたものを送り返すわけにもいかないし」

「おばあちゃんは好きで応援してくれているとは思うけど、この衣装、結構すると思うよ」

　華ちゃんは眉間《みけん》に皺《しわ》をよせる。一人暮らしをはじめ、自分でお金の管理をするようになってから、華ちゃんの話題はお金のことばかりだ。

「愛、笑いごとじゃないよ。おばあちゃんが見境なく私たちにお金つぎ込んでると、あとから伯父《おじ》さんに嫌味言われるんだよ……。お母さんがね」

「そっか……」

　札幌の伯父さん――お父さんのお兄さんと、お母さんは昔から犬猿《けんえん》の仲だ。伯父さんのところは三人男の子がいるが、おばあちゃんは女の孫がほしかったので、華ちゃんと愛を溺愛《できあい》する。それは、おばあちゃんの会社経営を補佐している伯父さん夫婦からすると、おもしろくないことらしい。お母さんからすると、いつもおばあちゃんに言いくるめられ、振り回されて、さんざん迷惑をこうむっているようなのだけれど——そういう状況は伯父さん夫婦側にはわかってもらえない。

「愛は余計なことは考えないで、スケートのことだけに集中してればいいの。二カ月後には東京ブロックなんだから。おばあちゃんも応援に来ると思うよ」

「うん、わかった」

おばあちゃんの荷物の中には、マスカレード・オン・アイスの公式サイトに載っている出演者リストが入っていた。普段、ネットを使えない愛と華ちゃんのためにプリントアウトしてくれたのだ。

フィギュアスケートは男女シングル、ペア、アイスダンスの四つのカテゴリーがある。ロシアは男女シングルだけでなく、ペア、アイスダンスでも強豪国だ。ロシア側のショーの出演者のほとんどは、五輪の金メダリスト、世界選手権の金メダリストで構成されている。今年三月の世界ジュニアで金メダルをとったアンジェリカもいる。そのメンバーの中に、世界ジュニア銀の華ちゃんの名前が並んでいるのを見ると、実の姉なのに華ちゃんを遠く感じてしまう。

「氷上の仮面舞踏会《マスカレード・オン・アイス》か。この豪華メンバーの中で滑れるってすごいことじゃん！　えーと、カナダからのゲストスケーターは男子シングルの……。ああ、でも、カナダ選手にサトウ・ユーリの名前はないね。アメリカ選手にも……」

「そりゃあね。世界ジュニア選手権、世界選手権に出ていない外国人スケーターはそもそも招待されていないいんだよ」

「そっか……」

華ちゃんが世界ジュニアへの出場を決めたとき、二人の頭に一番に思い浮かんだのが「ユーリ」のことだった。ユーリが約束を覚えていて――白井華の名前を憶えているなら――彼から何らかのリアクションがあると思った。華ちゃんが活躍していることは、国際スケート連盟のサイトやスケート関連のニュースを見ればわかるはずだ。

「私の前にのこのこ姿を現したら、一言言ってやるつもりだよ。ユーリのせいで、フィギュアスケート漬けの生活で、貴重な甘酸《あまず》っぱい青春がなくなったって！」と息巻いていた華ちゃんの前に、ユーリはついに現れなかった。世界ジュニアの後、全国から華ちゃん宛に届けられたファンレターの中にも、ユーリの手紙らしいものもなかった。彼が完成を目指した「ガブリエルのオーボエ」の曲で滑る選手もいなかった。

彼は、二〇〇九年から六年間、消息を絶ったままだ。

「ねえ、愛。最近、考えるんだけど、ユーリって、とっくにスケートと無関係なところにいるんじゃないかな」

「華ちゃん……？」

「ユーリ、今年で十七歳だよね。昔、トロントで練習していたって言ってたけど、世界ジュニアのカナダ代表にはいなかったし、カナダの代表チームにも名前はなかった。名字がサトウで日本人のハーフだから、カナダチームにいたら、日本のメディアが放っておかないと思う。でも、メディアの人に訊いても、サトウ・ユーリってスケーターは誰も知らないって……」

「うん……」

「私たち、ユーリのこと、過大評価しすぎたんじゃないかな。六年前、私たちが何もわかっていなかっただけで、ほかのリンクの子からすると、ユーリって実はそれほどすごいスケーターじゃなかったのかもしれない。西日本の子は小学生でも三回転ジャンプ跳べる人材が豊富っていうし」

「そんなことないよ。ユーリちゃんの演技はすごかったよ」

あのとき見たユーリの「ガブリエルのオーボエ」は、今でも愛の脳裏《のうり》にやきついている。競技に出るため、プログラムを完成させるために、ひたすら練習を重ねるユーリの姿。彼ほどの才能を持ち、努力を続けるスケーターがスケートをやめるはずはないと思った。

「でも、いくら才能があっても、この年まで続けられる人というのも、本当に一握りなんだと思う。和田先生のお孫さんも、全日本で入賞したけどあっさりやめちゃったし、小川先生の妹さんだって、すごくうまかったのに怪我《けが》で引退しちゃったし……。経済的に続かない人だっている。私はたまたま運がよくて、世界ジュニアで銀がとれたけど、シニアに上がっても同じ成績がとれるとは思わない。日本代表になれるかどうかも……」

「そんな……」

「……私、スケートに致命的な欠点があるんだよね」

「欠点？」

「そう」

　華ちゃんほど滑れて、世界ジュニアの銀をとったスケーターが何を言うんだろう。華ちゃんはエッジエラーのないジャンプが跳べる、数少ないスケーターだというのに。

「わかっているなら、直せるんじゃないの？」

「そうだね。時間と……お金をかける覚悟でかかればね……。でも……直す時間を考えれば、私より、愛のほうが先に上にいけると思うんだけど」

「またそんな……」

　冗談で言っているのだと思ったけれど、愛を見る華ちゃんの目はいつになく真剣だった。


　翌日。

　華ちゃんは大学の用で朝練の時間を変更したので、愛は一人でリンクに行った。

（華ちゃんは自分のスケートに致命的な欠点があると言ったけど——）

シニア、ジュニア選手をあわせても、この大泉スケートセンターで一番うまいのは華ちゃんだと皆が認めている。華ちゃんはどんなときも冷静沈着で、練習通りの演技ができる強心臓の持ち主だ。長い手足をいかした、昨シーズンSPの「白鳥」は名プログラムの呼び声が高い。

ゆったりとした曲調のプログラム。愛も、できればああいう曲で滑りたいと思う。

（今日こそ、小川先生に言わないと……。曲を変更してくださいって）

何も小川先生の「マラゲーニャ」を完全に否定するわけではない。ただ、曲を変えたいだけだ。エレメンツや流れを残したまま、ちょっとだけ振付を変えれば、もっと滑りやすくなるのではないだろうか。

意を決してリンクに行ったが、小川先生はまだ来ていなかった。

「ああ、愛ちゃん！　元気にしてた？」

リンクでウォームアップをしていると、呼び止められる。ジャーナリストの山瀬美奈子《やませみなこ》さんだ。フード付きのもこもこした白いコートがトレードマークの山瀬さんは、夏でもフィギュアスケート観戦装備は万全だ。華ちゃんの大学の先輩なので、親しくさせてもらっている。

「お久しぶりです」

「愛ちゃんに会えてよかった。これ、華ちゃんに渡しといてくれる？　三月の世界ジュニアの女子シングルのＤＶＤ。海外在住の知人に録画してもらったの。前回インタビューしたときに華ちゃんに頼まれたんだ。海外のアイスショーの取材に行ってたから、すっかり遅くなっちゃってごめん！」

「いえ、いつも、ありがとうございます」

　山瀬さんは、華ちゃんと愛のことを気にかけてくれる。以前も、これまで滑ったプログラムを時代と試合別に編集したＤＶＤをプレゼントしてくれた。

　華ちゃんが二位になった世界ジュニアは、日本国内でも放映があったが、放映時間の都合で全員の演技が放映されたわけではなかった。動画サイトで観ることができるそうなのだが、普段ネットから遠ざかっている華ちゃんと愛に動画を探すスキルはなかった。

「これ、六分間練習も入っているから。ＥＸ《エキシビ》もフルで入れておいてあげたよ。華ちゃんがロシアのアイスショーに行く前にぜひ観てもらって」

「わかりました。伝えておきます」

「ところで、愛ちゃん、今シーズンのプログラムは決まった？」

「あ……、昨シーズンのを持ち越しです」

「『マラゲーニャ』と『愛の夢』か」

　すらすらと出てくるところが山瀬さんだった。山瀬さんはこうやって出場選手の使用曲や経歴をつぶさに暗記している。もちろん、昨シーズン、愛が「マラゲーニャ」と「愛の夢」でひどい失敗をしてしまったことも。

「『マラゲーニャ』、私は好きだけど、愛ちゃんはこの曲、好きじゃないでしょ」

「えっ……わかりますか？」

「わかるよ。愛ちゃんは感情がすぐに滑りに出るタイプだからね」

図星だった。どうも苦虫《にがむし》をかみつぶしたような顔で滑っているらしい。

「好きになろうと努力したんですけど……カスタネットの音で急《せ》かされてしまって、ジャンプのタイミングが合わないんです。本当はほかの曲で滑りたいんですけど、小川先生に私はメリハリのある曲のほうが似合うって言われて……」

「そっか。えーと、例えば、どんな曲で滑りたいの？」

山瀬さんはさすがジャーナリストで、自然と相手の話を聞きだすのがうまい。

「昨シーズンの華ちゃんのSPが『白鳥』だったんですけど、ああいうのとか……。あとは、ラフマニノフの『エレジー』とか。『アヴェマリア』とか……」

一番はユーリが滑った「ガブリエルのオーボエ」。できれば同じ振付で滑りたい。あのプログラムは、今にして思えば、ノービス用とは思えないほど、バレエ要素のつまった難しいプログラムだった。

「ああ、『エレジー』も『アヴェマリア』も華ちゃんが中学生のときに滑った曲だね。愛ちゃんはそういうのが好みなんだ」

「好みというか、体が合うんです。気持ちが落ち着くというか。私……華ちゃんの真似《まね》なら得意なんです。スローテンポの滑りなら……私にもできるんじゃないかと思って……」

かつてユーリが言っていた仮面。そう、愛は「華ちゃんの仮面」ならつけることができる。姉妹で一番長く華ちゃんのそばにいたし、華ちゃんの滑りを見てきたから。

小川先生がリンクに入ってきたのを見て、山瀬さんは話を切り上げる。

「なるほどね。……でも愛ちゃん、華ちゃんを意識するのもいいけど、ほかにも意識するべき人はいるよ」

「え……？」

山瀬さんの言葉にどきりとする。いつだったか小川先生に同じようなことを言われた気がする。

（愛ちゃんは華ちゃんを意識しすぎ）

どういう意味だろう。このリンクで一番うまいのは華ちゃんだ。それ以前に、華ちゃんは身内だから、どうしても意識せざるをえない。きょとんとしている愛に、山瀬さんは言った。

「この世界ジュニアのＤＶＤ、よかったら愛ちゃんも観てみて。たくさんの演技を観るといいよ。世界にはたくさん魅力的なスケーターがいるから。世界ジュニアにもね。じゃ、練習見てるからね」

「はい……。ありがとうございます」

山瀬さんが見守ってくれていたけれど、この日も、愛のジャンプは不調だった。筋力が足りないから、高いジャンプが跳べないのだろうか。いや、ジャンプを跳ぶために必要なのは、筋力以上に、瞬発力とタイミングだ。

(空中姿勢とランディングのコツをつかむには、ユーリがトロントでやっていたというトレーニング方法が一番だったけど、あれは日本では誰もやってないからなあ……)

以前、ジャンプが跳べなかったとき、ユーリの真似をしたら跳べた。そう、タイミングをつかめたのだ。同じように、華ちゃんの真似をしたら、華ちゃんと同じジャンプが跳べるのではないだろうか。華ちゃんのジャンプだけではなくて、すべてを真似したら――。

「え、この曲を流してほしい？　ダメだよ。前も言ったでしょ？」

愛の申し出を小川先生は拒絶した。だけど、ジャンプを跳ぶためだと説得した。それに、愛の演技と適性を見てほしかった。愛は華ちゃんのように滑ることができる――。

「『白鳥』をかけてください！　お願いします」

小川先生は渋りながらも、曲をかけてくれた。

華ちゃんがいないのに、華ちゃんのＳＰの曲が鳴り、リンクに一瞬、動揺《どうよう》が走った。

小さなざわめきは、愛が演技を続けるにつれ、大きくなっていった。中盤にさしかかった頃、突然、音楽が切られた。と同時に、和田先生の怒声《どせい》が響いた。

「何をやってるんだ！　妹！　リンクから上がれ！　今すぐだ！」


「愛、ぬし様を怒らせたんだって？」

夕方、アルバイトから帰ってきた華ちゃんはずっと楽しそうだった。今日のリンクでの出来事は、山瀬さんから華ちゃんに報告があったらしい。お風呂から上がって、ストレッチをしている間も、華ちゃんはその様子を想像しては、にやにやしている。

「あー、残念。私もその場にいたかったな」

「笑い事じゃないよ。本当にリンクから追い出されたもん」

いまだになぜ怒られたのかわからないが、愛は和田先生をひどく怒らせてしまった。とばっちりで小川先生も和田先生に怒鳴られた。

華ちゃんの「白鳥」の振付は全部頭に入っている。ゆったりとした曲で滑ってみたら、ジャンプが跳べるのではないかと思ったのだ。

「白鳥」の曲を聴きながら、六年前、「ユーリの仮面」をつけて滑ったときのように、「華ちゃんの仮面」をつけて滑った。われながら上手に仮面をつけられたと思う。実際、華ちゃんになったつもりで滑ると、不安な気持ちがなくなり、演技にぎこちなさがなくなった。

頭に思い浮かんだ華ちゃんの演技を再現すればいいだけだったからだ。

結論からいうと、冒頭の三回転トウループのコンビネーションは今年になって一番といえるほど、クリーンに入った。最後まで続けたかったが、華ちゃんのプログラムだとばれ、和田先生に曲を切られてしまった。

「ぬし様にふざけてるのかって……ものすごい剣幕だったよ。もう少しでお母さんを呼び出されて、スケートやめさせられるところだった。ほかの先生のとりなしで解放されたけど、私……ジャンプのタイミングをつかみたかっただけなのに……説明しても、全然ぬし様にわかってもらえなくて……」

「わかってるよ、愛はまじめにやったんでしょ?」

「うん……」

不調だったジャンプをどうにかしたい一心だった。でも、華ちゃん以外の人に、その気持ちはわかってもらえない。

「あのね、華ちゃんの真似をしてわかったことがある」

「何?」

「華ちゃんの真似をしても、華ちゃん以上には演じられない」

「そりゃ、そうでしょ。こっちがオリジナルなんだから。それにパクリはダメだよ」

「それはわかっている。競技会ではやらないよ。振付の先生に対しても失礼だし。ただ……」

廊下《ろうか》のバーでストレッチをする華ちゃんの後ろに立って、愛は同じ動きをする。

「やだ、また真似してるの？」

「別にいいじゃん。何か……気づきそうなんだよね」

長年一緒にいるから、華ちゃんの動きは、小さい癖《くせ》までしっかり真似ることができる。でも、華ちゃんと同じことができても、愛が華ちゃん以上に評価されることはない。体型が違うからだ。華ちゃんと同じ角度で、同じように腕を伸ばしても、腕が短い分、愛の動きはきれいに見えない。

（せめてあと五センチ身長が伸びたら、それなりに見えるんだろうけれど）

背が低くとも、高い技術で体型の不利を感じさせない名スケーターもいる。でも、普通は小柄だとダイナミックに滑れず、全体的にこぢんまりとしてしまう。

（仮面をつけて滑っても、華ちゃんを超えることはできない……）

でも、華ちゃんを思い浮かべて、プログラムを滑ったとき、「マラゲーニャ」を滑るより楽しかった。もっと楽にイメージができた。頭の中がもやもやする。

ああ、もう少しで、何かがつかめそうなのに――。

（世界にはたくさん魅力的なスケーターがいるよ。世界ジュニアにもね）

頭に山瀬さんの言葉が思い浮かぶ。

（魅力的なスケーター……）

はっとする。

「華ちゃん、山瀬さんに借りた世界ジュニアのＤＶＤ、先に観てもいい？」

「いいけど、なんで？」

「ちょっと……」

そうだった。自分のことで手一杯で、この一年、愛は世界のスケーターたちの演技をろくに見ていなかった。

愛は華ちゃんと兼用で使っている携帯用のＤＶＤプレーヤーを起動する。ＤＶＤケースの中に、「おすすめはアンジェリカ」という山瀬さんのメモが入っていた。

（アンジェリカ――）

華ちゃんが負けた選手だ。

二〇一五年の世界ジュニア選手権。開催地はバルト三国の最北の国、エストニアの首都タリン。エストニアはソ連から独立した国だが、タリンの人口の四割はロシア人だという。ロシアからの観光客もよく訪れる場所だからか、観客席にはロシア国旗が目立つ。

そのロシア勢の応援を受け、優勝したのがロシアの新星、十三歳のアンジェリカ・グルシコヴァ。試合の感想を訊かれたアンジェリカは、「早く家に帰りたいです。ママの手料理が食べたいです」と答え、そのインタビューだけが日本の放映でも取り沙汰《ざた》された。華ちゃんは、五歳年下の、そのあどけない女の子に完敗した。

落ち込んでいた華ちゃんに気をつかい、家族は華ちゃんの前でアンジェリカの話をしなかった。だから、愛はアンジェリカの演技をじっくり見たことがなかった。

（彗星《すいせい》のように現れた子って聞いたけど……）

世界ジュニア選手権に派遣される選手の選考基準は、各国によって異なる。日本では全日本ジュニアの成績に加え、ジュニアグランプリシリーズの成績等が考慮《こうりょ》されるが、アメリカでは国内選手権一発勝負だ。アンジェリカのいるロシアでも、国内選手権の成績が考慮されるが、選考はそれがすべてではない。メダルの可能性が認められれば、そのシーズン通して試合に出ていない選手でも、欧州《おうしゅう》ジュニア、世界ジュニアに派遣されることがある。国内選手権を怪我《けが》で棄権《きけん》した、このアンジェリカのように。

世界ジュニアのSPの滑走順は国際スケート連盟《ISU》のポイントに従って、上位グループ、下位グループに分けられ、そのグループ内の抽選で決められる。そのシーズン、ISUの公式試合に一度も出ていないアンジェリカはポイントがなく、SPでは下位選手と共に、第一グループに登場した。

（うわ……かわいい……）

十三歳から十八歳までが出場資格を持つジュニアの試合で、彼女は最年少。スラブ系のとんでもない美少女だ。プラチナブロンドの髪、憂《うれ》いを帯びた表情は、俗世感がなく儚《はかな》げで、まるでリンクに降り立った妖精のよう。街中で美形を見たとき、目が信じられなくて二度見してしまうことがある。彼女の美貌《びぼう》もそれと同じ。つい、目が引き寄せられてしまう。

アンジェリカは頭に十四世紀イタリアのアクセサリーである、ストーンがちりばめられたネットをのせ、背中にゆるく編んだ一本の三つ編みを垂らしていた。胸元で切り替えのあるハイウエストの衣装は、誰が見てもそれとわかる。「ロミオとジュリエット」のジュリエットだ。

小顔で、手足が長いので、画面で見ると背が高いように見えるが、実際は愛と変わらない身長だという。欧米《おうべい》、ロシア選手は幼い頃から顔立ちが整っており、実年齢より上に見える。

滑走前の六分間練習では、同じグループの六人がいっせいに練習する。真っ先にリンクに飛び出した彼女は前向きに助走し、迷うことなく――。

三回転《トリプル》アクセルを跳んだ。

着氷こそ両足だったが、いきなりの三回転アクセルは観客の度肝《どぎも》を抜いた。おまけに彼女はその三回転アクセルに二回転トウループをつけ、コンビネーションにした。鮮烈なデビューだった。

怪我から復帰したばかりだというアンジェリカは、納得のいかない顔で、再度、三回転アクセルに挑戦したが、今度はオーバーターン。コーチのもとに行った。このときに、三回転アクセルは跳ばないという指示が出されたのだろう。アンジェリカは確か、試合では三回転アクセルを跳ばなかった。

その後、カメラは順番に別の選手の練習姿を抜いていったが、時折、観客からのどよめきが聞こえた。おそらく、アンジェリカの演技に対してだろう。

(十三歳で三回転アクセル……)

ぞっとした。男子の上位選手はジュニアでも四回転と三回転アクセルを入れてくるが、女子ではめったに見ることのない、高難度のジャンプだ。シニア女子のトップ選手でも、成功させた人は数えるほどしかいない。日本人女子選手で挑戦し、成功させた選手はいたが、よほどの才能がないと不可能なジャンプだ。愛も、華ちゃんもかつて練習したことはあるが、空中で三回転半回ることはできても、片足でクリーンな着氷をするのは極めて難しい。そのため、まだ習得できていない。

ロシア女子は層があつく、すごい選手が出てきていると噂《うわさ》では聞いていたけれど、愛はリンクでの練習に明け暮れ、その演技を見ていなかった。国内のトップクラスの選手である華ちゃんの演技しか――。

(愛ちゃんは華ちゃんを意識しすぎ)

はっとする。小川先生が言っていたのは、このことだったのだろうか。

アンジェリカは国際試合デビューがいきなりこの世界ジュニアだった。三回転アクセルこそ回避したが、柔軟性を生かした高難度の技を次々と決め、ノーミスでSP《ショート》を終えた。世界ジュニアという大舞台で、無名選手がトップに躍り出ることなどまずない。これまでの試合の実績が得点に結びつくからだ。

だが、アンジェリカのSPは六十九点。シニアでもトップクラスの選手しか出せない高得点で暫定《ざんてい》一位。アンジェリカの演技と点数は後続の選手にプレッシャーを与えた。

優勝するにはSPで好成績をとるのはもちろんのことだが、SPで上位六人に入り、FS《フリー》の最終グループに入るのがセオリーだ。

前に滑った選手の出来、試合の展開によって、後に滑る選手は予定していたエレメンツの難度を下げ、安全策をとることもある。しかし、アンジェリカが見事な三回転ルッツ+三回転ループのコンビネーションを決め、すべてのエレメンツでレベル4をとったこと。また、第一グループから高得点が出たことで、有力選手たちは高難度の技を余儀《よぎ》なくされた。一つのミスが命取りになるSPは緊張感に包まれた。

SPの最終グループ。皆がアンジェリカの点数を意識して自滅していく中で、華ちゃんは冷静だった。緊張することもなく、いつも通りの手堅い演技で、ノーミスで終えた。このときの華ちゃんはまだアンジェリカの存在を知らない。演技後、和田先生と抱き合い、キス&クライに座った華ちゃんの顔は、高得点を期待していた。事実、六十二点というシーズンベストの点数が出た。が、点数の隣に浮かび上がった順位は二位。華ちゃんの顔が少しだけ曇った。

SP後の記者会見。質問はアンジェリカに集中したというのは山瀬さんから聞いた。

SPが終わって一位のアンジェリカと二位の華ちゃんの間には、FSでの逆転は厳しいのではないかと思わせる――七点もの点差がついた。フィギュアスケートはSPとFSの総合点で争われる。華ちゃんはかろうじてSP二位につけたが、三位、四位のロシア勢との差も僅差《きんさ》で、華ちゃんのFSの出来如何《いかん》でロシア勢の表彰台独占もあり得ることだった。

二日目のFS。競技会場はロシアのホームのようだった。最終グループに入ったアンジェリカは、細く編んだ数本の三つ編みをカチューシャのように頭の周りを囲んでまとめ、ロシアの民族衣装を思わせる、目にも鮮やかな衣装をまとっていた。

国際試合に派遣されるクラスの選手になると、世界選手権の開催地を意識した曲選びをすることがある。現地の観客の応援が後押しとなるからだ。

アンジェリカのFSは「ロシア民謡メドレー」。この選曲は意図したものではなかったそうだが、観客席のロシア人たちはアンジェリカの演技に大歓喜した。

最高の盛り上がりを見せたのは、後半の「カリンカ」だった。「カリンカ」のメロディーに合わせて、手拍子がはじまり、観客はいっせいにロシア国旗をふりはじめた。

アンジェリカは観客を煽《あお》る仕草をまじえ、高難度の三回転ルッツ+三回転ループのコンビネージャンプを軽々と跳んだ。

（あれ……？）

愛は目をしばたたかせる。

（あの演技……）

アンジェリカはバレエを長年やった人特有の、体の使い方をする。どんな動きをしても、ポジションがとれているから、見ていて気持ちがいい。スピードを出すために猫背《ねこぜ》になったり、必要以上に漕《こ》ぐこともない。力みがない動きで、どの瞬間を見ても自然体だ。

（バレエ経験者の演技は、似るんだろうか……。それとも……）

体力が落ちる後半に、三回転フリップ＋三回転トウループのコンビネーション、三回転サルコウ＋二回転ループ＋二回転ループ。エレメンツとエレメンツの間に難しいステップを踏んでいるのに、アンジェリカのスピードは後半に入っても、まったく落ちることがない。

曲の盛り上がりと共に、リンクを大きく使い、ステップで見せ場を作る。それから、足を後方に高く上げ、一八〇度開脚したアラベスクスパイラルから、上体をゆっくり前に傾けていくシャーロットスパイラル。スパイラルは現在の規定では必須エレメンツではないが、つなぎで入れている選手はいる。

優雅なバレエジャンプを二度跳んだあと、それより高く大きな二回転アクセル。息をつく暇もなく、ドーナツスピンからキャッチフット、足をかえ、I字スピンで独楽《こま》のように回転し、ポーズを決める。

その瞬間を待ちわびるように、観客席から大歓声が沸き起こる。観客が一斉に立ち上がり、スタンディングオベーション。

（山瀬さんがおすすめしたのもわかる……）

新しいスターの登場だった。

華ちゃんの不運は滑走順がアンジェリカの直後だったということだ。アウェイの、このすさまじい大歓声の中、リンクに出るというのは、これまでの華ちゃんの経験になかった。何もかもアンジェリカと比べられてしまう。リンクサイドに現れた華ちゃんは、ぎりぎりまでヘッドフォンをつけ、集中していたけれど、総立ちで、興奮状態の観客の姿は目に飛び込んできただろう。

頭上の電光掲示板の点数は――華ちゃんがノーミスで滑ったとしても、出すことのできない点数。当然、暫定一位。まだ一人――最終滑走者の演技が残っているというのに、観客席はアンジェリカの優勝が確定したかのような盛り上がり方だ。

氷の上に投げ込まれたアンジェリカへの贈り物を拾い集めるフラワーガールをよけながら、華ちゃんが軽くウォームアップをはじめても、ロシアコール、アンジェリカコールはおさまらない。和田先生はいらついていたようだったが、華ちゃんは比較的、落ち着いていた。

観客席でふられている日の丸と、華ちゃんの名前の入った、札幌のおばあちゃんのバナー。それを見て、自分のやるべきことを思い出したという。

このとき、華ちゃんには表彰台以外に、枠《わく》取りのプレッシャーがかかっていた。

各国の翌年の世界ジュニアへの派遣人数は、世界ジュニアの成績で決まる。一国の最大派遣人数は三人。世界ジュニアに二人以上の選手が出場している場合、上位二人の順位を足して十三ポイント以内で三枠が確保できる。華ちゃんより先に滑った二人の日本人選手は、大きく崩れ十一位と十三位。三枠をとるために、華ちゃんに課せられたのは、二位以内という成績。暫定一位、二位のロシア選手と比べ、演技構成点の低い華ちゃんは、一つのエレメンツのミスも許されない状況だった。

が、華ちゃんのすごいところは、大舞台でも安定して、練習と同じ演技ができることだ。最初のルッツが詰まって、回転不足をとられた以外はいつも通りだった。

世界ジュニア銀で帰国した華ちゃんを皆は絶賛していたけれど、華ちゃん自身は納得いっていなかった。その理由と心境を、アンジェリカと華ちゃん二人の演技を観て、ようやく愛も理解できた。

フィギュアスケートは絶対評価なので、華ちゃんが決めたエレメンツには、基礎点とその出来映え点（ＧＯＥ）が加算される。だから、アンジェリカの演技の後でも、華ちゃんの演技はジャッジに正しく評価されたはずだ。が、華ちゃんの演技は——妹の愛からすると認めたくないことだが——身体能力の高いアンジェリカの後だと見劣りがした。華ちゃん単体で見ると、それなりにいいと思える演技でも、ほかの選手と比較することで、華ちゃんの欠点があぶりだされる。背中がかたいところ、後半になるとスピードが落ちるところ。スピンで足をかえるときに、もたついてしまうところ。

華ちゃんは日本人女性らしく、慎《つつ》ましい演技をする。そういう表現は好みの問題なのだろうが、ナルシストとも思えるほどのアピール力を見せる欧米《おうべい》選手と比べると、リンクを支配するオーラに欠けているようにも見える。

(華ちゃん、技術的にはロシア勢とほとんど同じことをやっているんだけど、プログラムが長く感じてしまう。どうしてだろう……。このプログラム、数えきれないほど見たせいかな)

華ちゃんに対し、日本からの応援もあったが、アンジェリカのときと比べると、同じ会場とは思えないほど、観客席は静かだ。そういう環境でも、華ちゃんはすべてのエレメンツを入れ、まとめた。シーズンベストの点数を出し、ロシア勢の表彰台独占を阻《はば》んだものの、アンジェリカには届かず、結果はSPと同じ二位。

無事に三枠確保に貢献し、キス&クライの華ちゃんは、すこしだけほっとした表情を見せた。

これが引退試合だと思っていた華ちゃんは、インタビューに「まぐれです」と謙虚に答えていたが、負けず嫌いの華ちゃんからすると、この結果はさぞかし悔しかったことだろう。アンジェリカとの点差は二十五点。アンジェリカがＦＳでも三回転アクセルを回避したにもかかわらず、大差がついてしまった。

華ちゃんは次世代の若手スケーターとの才能の差を思い知らされたという。

「……エキシビションはあとで観よう」

愛はＤＶＤプレーヤーの電源を切った。

愛は江戸川の土手沿いを走った。ジョギングは毎日の習慣で、雨が降らない限り、走る。普段は無心で走れるのに、今日はさっき観たばかりのアンジェリカの演技が頭に浮かび上がる。

アンジェリカの演技――。

優雅な手首の動かし方。首の使い方。まっすぐ伸びた膝。ちょっとした表情。指先、足先まで神経の行き届いた演技。感覚的なものかもしれないけれど、ユーリに似ていると思った。いや、違う。ユーリに似ているけれど、ユーリよりもうまかった。

（世界は広いなあ。そうか……ユーリよりうまい選手がいるのか……）

確かに山瀬さんのメモの通り、彼女は魅力的なスケーターだ。

華ちゃんの演技がアンジェリカと比べて、雑に思えたのは、きっと動きに余裕がないからだ。SPは二分五十秒以内に七つのエレメンツ、FSは三分三十秒±十秒の間に十二のエレメンツを入れないといけないから、エレメンツをこなすことだけで手一杯になる。

（アンジェリカのあの演技の余裕はどこからくるんだろう。華ちゃんの今季のFSにアンジェリカがやったアラベスクスパイラルが入っているけれど……）

シニアに上がると、FSの演技時間は四分±十秒にのび、必須エレメンツが一つ増える。二〇一二年から採用されたコレオグラフィックシークエンスだ。国際スケート連盟《ISU》の規定では「あらゆる動きを取り入れた自由なパート」と定義されているが、女子はフリーレッグを腰より上に上げるスパイラルを必ず一つは入れなければならない。

愛は足をとめ、柔軟をするついでに、バレエのアラベスクの一番のポジションをとる。それから、上半身を前に傾け、後ろ足を限界まで上げる――アラベスク・パンシェ。アラベスクスパイラルは、この姿勢で氷の上を滑る。バーがあれば、愛もそれなりに足を高く上げることができるが、バーや手の補助のないまま、足を高い位置でキープするのは難しい。

（これまで自分も華ちゃんの演技を真似《まね》していたけれど――）

華ちゃんのスパイラルは一瞬ポジションをとっただけで足をおろしてしまう。かつてスパイラルは三秒以上ポジションをキープするというルールがあったが、今はそれはなくなり、長さに規定はない。華ちゃんのスパイラルは、振付の一部のようなものだ。だが、アンジェリカの一八〇度開脚したスパイラルは、プログラムの見せ場であり、さらにそこから彼女は、足の高さをキープしたまま、頭をゆっくりと靴《くつ》につきそうなくらい下げていき――シャーロットスパイラルで観客を沸かせた。

愛もそのポジションをとってみるが、思うように足が上がらない。アンジェリカがやったように、上体を倒し、フリーレッグを地面と垂直になるまで上げようとしても、一八〇度開脚は、どうしても無理だ。

アンジェリカはこの動作を、重いスケート靴を履《は》いたまま、簡単にやってのけた。シャーロットスパイラルができればいいというものではないし、シャーロットができなくても、ほかのエレメンツでプログラムの難度を上げることはできる。

しかし、アンジェリカの演技はどのエレメンツをとっても、質が高かった。難しいことをやっても、その動きは、つねに音楽と一体化し、観客を盛り上げる。

華ちゃんがどんな曲で滑っても、たとえ会場が日本でも、あそこまで観客を沸かせることはないだろう。

そうか……。世界にはそういうスケーターたちがいる。

愛は――華ちゃんをすべて真似しようとしていた。だけど、それではだめなのかもしれない。華ちゃんにも足りない部分はある。

夏休みに入って一週間。

相変わらず、愛のジャンプは不調だったが、もう少しで何かがつかめそうだった。頭の中にあるのは、華ちゃんのイメージに上書きされたアンジェリカのイメージ。

また真似をしていると思われるとしゃくだが、いいと思ったところは、真似をせずにはいられない。彼女は激しい動きをしても、動きが雑になることがない。

鏡の前で、愛はひとつひとつの動きを確認する。

アンジェリカは堂々としていた。ミスなど絶対にするはずがないと思っている自信。そう、まるでユーリのようだった。

どうすれば、ああいう動きができるのだろう――。

(帰ったら、アンジェリカのエキシビションの演技を見よう……)

そう思い、夜の練習から帰ってきたとき、家に電気がついていた。

誰かが先に帰っているのはめずらしいことだった。

(ひょっとして華ちゃんが帰ってきてる?)

「ただいま」

「愛！」

玄関で愛を出迎えたお母さんは厳しい顔をしていた。パート先の仕出し屋の割烹着《かっぽうぎ》姿のままだ。何かただならぬ出来事が起きたのは間違いなかった。

「どうしたの……？」

「札幌の……おばあちゃんが……倒れたって……たった今、連絡が……」

「え……？」

（おばあちゃんが倒れた――？）

目の前が真っ暗になった。先週、華ちゃんの誕生日プレゼントのお礼の件ついでに、おばあちゃんと電話で話をしたばかりだった。華ちゃんが出る「マスカレード・オン・アイスを楽しみにしている」と言っていたのに――。

「熱中症で倒れて病院に運ばれたんだけど、どうもほかに悪いところが見つかったらしいの。それで手術するって……」

お母さんはおろおろと携帯電話の着信を何度も確認する。

「お父さんは今日の最終便で札幌に向かったって。お母さんも明日、仕事やすんで札幌に飛ぶから。明日の朝早いから、先にシャワー使わせてね」

「お母さん、私は？　私も札幌に行ったほうがいい？」

「たぶん、命には別状ないと思うから、愛は留守番しててちょうだい。華がいないけど、ひとりで大丈夫ね」

「うん」

リビングのテーブルにはお母さんがコンビニで買ってきたおにぎりとお惣菜《そうざい》が並んでいた。料理を作る心境になれず、愛のために買ってきたのだろう。

もそもそ食べていると、リビングの電話が鳴った。札幌の伯母《おば》さんからだ。

「ああ、愛ちゃん？　佐代子《さよこ》さんは？　携帯のほうにかけてもとってもらえないのよ」

佐代子というのは、愛のお母さんの名前だ。愛はリビングのドアを開け、両親の寝室の方を見る。

「部屋の電気が消えているから、寝てるんだと思います。明日、朝一のフライトで札幌に向かうと言ってました」

「そう、もう休んでいるのね」

「あの……おばあちゃんは大丈夫なんですか？」

「ええ、手術することになりそうだけど、命に別状はないわ」

「ああ、よかった……」

愛は胸をなでおろす。

「ロシアのアイスショーに行くって言い張っていたけど、今回ばかりは諦めてもらったわ。佐代子さんの携帯にメール送っておいたから、札幌に着く前に返信してくれるよう、伝えてもらえる?」

「わかりました」

「ああ、そうだ。愛ちゃん、あなたに訊きたいことがあったのよ」

「はい」

「あなた、『窓際』なんですって? 本当なの?」

「え……?」

(どうして、札幌の伯母さんがうちのリンクの『窓際』のことを知っているのだろう)

愛は身構える。

「『窓際』……って、お母さんが話したんですか?」

違うわよ、と伯母さんは言った。

「東京の支店に行ったとき、噂《うわさ》で聞いたのよ。うちのお得意様でお子さんにスケートを習わせている人がいるの。大泉のリンク事情にも詳しかったわ」

一体誰だろう——と愛はリンクサイドにいるママたちの顔を思い浮かべる。いや、犯人捜しをしても無駄だ。どんな小さな噂でも、最近はSNSであっという間に広まるらしい。

「聞くところによると、『窓際』って見込みのない生徒さんが入れられるグループなんですって? スケートに向かない体型の子とか。そんなグループに愛ちゃんが入れられているなんて、聞いて驚いたわ。スケートやるならもっと本腰入れて頑張りなさいよ。娘二人のために、ご両親がどれだけうちから借金していると思っているの」

「しゃ……借金……？」

「知らなかったの？」

伯母さんの声が頭の遠くで響いた。

「お宅に身分不相応な習い事をさせる余裕なんてないでしょうに、姉妹二人とも公平に習わせたいからって。それだけ親に期待をかけてもらっているのに、結果が出せないなら、スケートなんてさっさとやめたほうが親孝行なんじゃないかしら？」

（知らなかった）

愛は愕然《がくぜん》とする。札幌のおばあちゃんが援助してくれていたのは知っていた。でも、その援助だけでは足りず、札幌の伯父《おじ》さん夫婦にまで借金していたのだ。

伯父さん夫婦とお母さんの関係がよくないのは、借金をしていたからだったのか。

伯母さんはなおも話を続けたが、愛はどう答えていいかわからなかった。そのとき――

「愛、札幌の伯母さんからでしょ？　こちらからかけ直すって言ってちょうだい」

いつの間にかパジャマ姿のお母さんが背後に立っていた。お母さんは険しい顔をしていた。

「お母さん、借金って……」

「子供は心配しなくていいの！」

愛は追い立てられるように二階の自室に行った。お母さんは伯母さんとリビングの電話で話し込んでいるようだった。

（借金……）

寝る前にその日の筋肉疲労をとるストレッチをしないといけないのだが、先ほどの伯母さんとのやりとりが気になって、落ち着かなかった。

スケートを八年間も習ってこられたのは、札幌のおばあちゃんの援助あってこそだと聞いていたけれど、そのおばあちゃんだけでなく、伯父さんの家からもお金を借りていたなんて。それほどうちの家計が切迫していたなんて――。

愛はベッドの上で大の字になり、天井を見上げる。

（華ちゃんがいないと、この部屋広いなあ……）

愛の部屋は、華ちゃんが大学の寮生活をはじめるまで二人で使っていた。

部屋の1／3は、今でも華ちゃんコーナーだ。競技会で優勝した記念の表彰状、メダルやトロフィー、ファンの人からもらったプレゼントが所せましと並べられている。

札幌のおばあちゃんと撮った地元の競技会の写真もある。

おばあちゃんはどんな遠方の試合でも、必ず駆けつけてくれた。写真の中で、華ちゃんは首からメダルを提げているが、愛は何も持っていない。入賞もしなかったのに一緒に並んで、ただ馬鹿みたいに笑っている。

（本当に私は馬鹿だ……）

毎日休まずにリンクに練習に行った。学校行事や友達とのつきあいよりスケートを優先させた。なのに、『窓際』に入ってしまった。

お父さんとお母さんが稼《かせ》いできたお金を、湯水のように使って、しかも借金までさせたのに、なんの結果も出せていない。努力が足りなかったのだろうか。それとも――スケートを続けてきたこと自体、間違いだったのだろうか。

ふいに自室の扉がノックされ、お母さんが顔を出した。

「愛、伯母さんが何を言ったか知らないけど、愛が気にすることじゃないから」

「でも……」

「子供がお金のことを心配することないの。今年こそ、『窓際』から抜け出すんでしょう？　お母さん、スケートのことはよくわからないけど、愛がスケートが好きっていうのはわかっているから」

「うちに借金があるって……。札幌の伯父さんの家にも借金してるって……」

「少しずつ返していっているから、大丈夫よ。華はスポーツ推薦《すいせん》だから、授業料免除されているし」

（そっか。華ちゃんは全部わかっていて、バイトをはじめたんだ）

華ちゃんがアルバイトをはじめた理由も、愛は何もわかっていなかった。大学に入った華ちゃんは、家の金銭的負担を少しでも少なくしようと——愛がスケートを続けられるように頑張ってくれていたのだ。

「でもそれで足りる？　今年は華ちゃんがシニアに上がって、海外遠征も多いのに……」

強化選手になった華ちゃんには、強化費がおりるが、すべてをまかなえるものではない。海外遠征に帯同するコーチの渡航費は、すべて自分で負担しないといけない。

「本当に大変になったら、そのときはちゃんと愛に言うから大丈夫よ」

お母さんは、伯母さんの口の軽さを嘆《なげ》いていたけれど、伯母さんからすると、親の苦労をしらない愛がもどかしくて、口に出さずにはいられなかったのだろう。

フィギュアスケートを続けるのがこれほど難しいことなら——ユーリがスケートをやめていても、仕方ないことなのかもしれなかった。

愛は、部屋に飾られている写真を眺める。そこにユーリの写真は一枚もない。

いつでも会えると思って、彼との写真を撮っていなかったのが悔やまれた。

当時は、愛も、華ちゃんも撮影機能のある携帯も、スマートフォンも持っていなかった。

——愛は絶対にスケートを続けるべきだよ。このままいけば、必ずワールドに行ける。

——ワールド？　世界？

——そう、ワールドチャンピオンシップ。

目を閉じれば、いつでもユーリの顔を思い出すことができる。

当時十一歳だった彼は、愛に魔法をかけた。彼の言葉を胸に、愛はここまでがんばってきた。

でも、今にして思えば、他人で愛のスケートの才能を褒《ほ》めてくれたのは、ユーリだけだった。

『窓際』はスケートに向かない体型の子が入れられる――伯母さんは電話で確かにそう言った。誰かが面白半分で言ったのかもしれないけれど、それが完全に嘘だとは言いきれなかった。事実、これまで『窓際』に入った子は、愛のように小柄で、ジャンプに伸び悩んでいるスケーターが多かった。

だから、小川先生は愛の指導に熱心ではなかったのだろうか。表向き、指導はしてくれたけれど、裏では早くやめるように思われていたのだろうか。

いやいや、噂にふりまわされてはいけない。華ちゃんのように毅然《きぜん》としなくては――。

そう思っても、感情はすぐ揺り戻される。

（あと少し身長が伸びれば……。手足がもう少し長ければ……もっときれいな動きができるのに。リンクに立っても、華ちゃんのように見映えがするだろうに……）

愛の身長は小学六年生のときと同じままだ。不調の原因は身長だけではないと思う。でも、落ち込んだときは、何か原因をつくりたくなる。自分の気持ちを納得させるために。

札幌のおばあちゃんや華ちゃんは身内の欲目で褒めてくれたけど、そもそも愛にスケートの才能なんてあったのだろうか。ユーリはやさしかったから、リップサービスで言ってくれただけではないのだろうか。

ユーリに無性に会いたくなった。彼の声を聞きたかった。彼なら、愛を勇気づけてくれるのではないだろうか。

彼は今、どこで何をしているのだろう。

いつも通り、大泉スケートセンターの朝練と夜練に出たけれど、愛の気持ちは重かった。

これまでスケートをやめていったリンクメイトたちを何人も見送ってきた。やめていった理由は人それぞれだった。学業に専念するとか、別の才能を見出《みいだ》したとか、怪我《けが》で続けられなくなったり、経済的な理由であったり――。

だけど、愛は彼らの悩みを完全に他人事《ひとごと》のように感じていた。まさか、自分が選択を迫られる日がくるとは思わなかった。

札幌に行ったお父さんとお母さん、それから札幌の伯父さんと伯母さんの間で、今後のことについて話し合いがあったらしい。もちろん、愛と華ちゃんに対する援助にも話は及んだ。

札幌のおばあちゃんが大変なときだから、おばあちゃんの健康状態を理由に華ちゃんはマスカレード・オン・アイスの出演オファーを辞退した。が、伯父さんと伯母さんは世界ジュニアで銀メダルをとった華ちゃんに対しては好意的だったそうだ。

「華ちゃんにお金をかけるのはわかるわ。ちゃんと結果を出しているもの。世界二位って素晴らしいわ。でも、愛ちゃんって『窓際』なんでしょう？　先生に見限られているのなら、早くやめたほうが本人のためでもあるんじゃないの？」

　話し合いの後でも、お母さんは愛にスケートをやめろとは言わなかった。だけど、愛がスケートを続けると、お父さんとお母さんに今以上の負担を強《し》いてしまう。

（うちの経済事情をかんがみると、スケートを続けられるのは一人だけ――）

　でも、一晩考えたけれど、自分にスケート以外の取り柄はないように思えた。

（私、華ちゃんと違って、スケートをとったら、本当に何にも残らないんだ……）

　気持ちが落ち込むと、ジャンプが決まらない。

「愛ちゃん、ぼんやりしない！　ちゃんと音を聞いて！」

　滑っていると小川先生に叱《しか》られる。小川先生は和田先生のように、ピンポイントで欠点を指摘する先生ではない。注意されることといったら、音を聞いてタイミングを合わせることばかり。若い分、親しみやすいけれど、指導者としての経験が足りないのではないのだろうか。

　早く「窓際」から抜け出さないといけないのに――。

(せっかく世界ジュニアのアンジェリカのＤＶＤ観たのに、意味なかったかも……)

進歩のない、さんざんな出来に愛はがっかりした。が、練習後、「愛ちゃん、ひょっとしてアンジェリカの演技、見た?」と小川先生に訊かれた。愛は目をぱちくりさせる。

「……はい」

「やっぱりね。フリーレッグの処理がアンジェリカっぽかったから。一瞬、アンジェリカ? って思っちゃった。完璧《かんぺき》ってわけじゃないけど、よく特徴をとらえているなって」

すごい、どうしてわかったんだろう。そう。ジャンプやスピンのときにアンジェリカの動きをイメージした。世界ジュニアで見たアンジェリカの柔軟性を意識した。ああいうふうに滑りたいと思ったから。

また他人の真似《まね》をしたことを怒られるのかと思いきや、小川先生は満足そうに笑った。

「いい傾向だよ。華ちゃんを意識するより、うまい人を意識するほうがいいよ。そうやって、貪欲《どんよく》にとりこんだらいい」

(うまい人を意識……)

「あ……と、別に華ちゃんが下手《へた》だと言っているわけじゃないよ」

小川先生は、愛の表情を見て慌てて訂正《ていせい》した。でも、小川先生は華ちゃんが特別うまいと思っていないということなんだろうか──。

愛は華ちゃんの言葉を思い出した。

「あの……小川先生は、華ちゃんの欠点はなんだと思いますか？」

「華ちゃんの欠点？」

「華ちゃんが自分で言っていたんです。自分には致命的な欠点があるって……」

小川先生はああ、とうなずいた。

「そっか。華ちゃん、自分で気づいていたんだ。もしかして、山瀬さんが何か言ったのかな」

「山瀬さんが……？」

「いや、山瀬さんが華ちゃんにＤＶＤを貸したのも、欠点に気づかせるためだったのかなって思っていたからさ」

「華ちゃんの欠点……って何ですか？」

「それはね、私の口からは言えない」

小川先生は申し訳なさそうに言った。

「華ちゃんの欠点は……直らないんですか？」

「華ちゃんが直したいと思ったら直るよ。でも——和田先生は、当面、直すつもりはないみたいだけどね」

「どうして……」

「直さなくても、世界ジュニアの銀メダルが取れたからだよ」

（欠点を抱えたまま、世界ジュニアの銀メダルが取れた）

「私としては、今後のために早めに直したほうがいいと思うんだけど、和田先生の指導方針に若輩者《じゃくはいもの》が口を挟むわけにはいかないし。でも、今のままだと、華ちゃん、シニアに上がってから、伸び悩むんじゃないかと思うんだよね。私も現役《げんえき》時代、結構苦労したから。まあ、外部の余計なお世話かもしれないけど……。あ、今話したこと、和田先生には内緒だよ」

華ちゃんにどんな欠点があるか、結局、小川先生は教えてくれなかった。

でも、小川先生はヒントを教えてくれた。

「そうだね、華ちゃんの歴代の演技を見ると、何かわかるかもしれないよ。それは——愛ちゃんの欠点でもあるから」

（私の欠点……？）

思えば、小川先生が愛に指導者らしい助言をしてくれたのは、これが初めてだった。

帰宅すると、留守電にお母さんからのメッセージが入っていた。おばあちゃんの手術は無事に成功したこと。それから、今日、アイスショーのイベントに呼ばれた華ちゃんは、イベント後、家に帰ってくるということ。華ちゃんからもメッセージが入っていた。

「携帯用のＤＶＤプレーヤー、テーブルの上に置いといて。夏合宿まで借りるね」

そのＤＶＤプレーヤーに山瀬さんにもらった世界ジュニアのＤＶＤを入れっぱなしにしたままだったことを愛は思い出す。

「あ、そういえば、華ちゃんのエキシビション、まだ見ていなかった」

愛は、ＤＶＤプレーヤーを起動し、動画を再生する。

大きな競技会では、すべての競技種目が終わった後に、上位入賞者による公開演技会――エキシビションが行われる。それに出場するのは、選手にとって名誉なことでもある。

エキシビションで採点は行われず、アイスショーのような様相を呈する。

エキシビションの演技の前に、世界ジュニアの各選手の戦いぶりがダイジェストで紹介される。上位選手のほかに、上位に入らなかったけれど印象深い演技をした選手をふりかえっているようだった。

「華ちゃんは銀メダルだから、出場順は後ろのほうかな？」

動画を少しずつスキップしていたときだった。ある選手の映像が愛の目に飛び込んでくる。

（え……？）

その映像に、愛の目は釘付けになった。

その選手を語る、ヨーロッパスポーツのアナウンサーと解説者は興奮気味だった。

「SP《ショート》五位で棄権《きけん》したユーリ・レオノフですが……。ジャンプの失敗が惜しまれますね。四回転ジャンプに挑んだのですが――」

「そうですね。大変表現力のある選手だけに、惜しいです」

英語だったから、アナウンサーと解説者が何の話をしたのかはわからない。だけど、愛の耳に残ったのは、解説者が口にした「ユーリ」という名前。

そのユーリという名の男子選手の動画は二十秒もなかった。

彼は鮮やかな金髪をオールバックにし、肩に垂らしていた。

長身の体が纏《まと》っているのは、豪華な刺繡《ししゅう》が縁取りされた丈の短い上着と細身のタイツ。黒と赤の衣装のデザインは、バレエ好きなら一目でわかる。ドン・キホーテのバジルだ。

最初の三回転ルッツ＋三回転トウループのコンビネーションは完璧。流れるようなランディングで、フリーレッグの処理が鳥肌が立つほど美しい。でも、四回転トウループは回転が足りず、転倒。おそらく、このときに足を怪我《けが》したのだろう。

フィニッシュポーズは笑顔だが、終わった瞬間、納得いかないように首をふった。

「本当に残念です。とても美しいスケーティングをする選手なんですけどね」

（この選手ってまさか……）

ぞわっと背中が粟立《あわだ》った。愛はもう一度、この選手の演技を再生する。

なんて美しくて、華やかな演技をするのだろう。そう、アンジェリカと同じく、この選手もバレエの基礎を叩き込まれた動きをする。指先まで神経が行き届いた、本物の優美さ。カメラの構図のせいで、顔はよくわからない。だけど……。

「ユー……リ……？」

愛は自分の目が信じられず、その部分だけ何度も動画をくりかえし再生した。

別れて六年経つが、見間違えるはずがない。彼の癖《くせ》はよく知っている。

ためがなく、ステップの延長のように軽く跳ぶジャンプ。体がすみずみまでよく動いている。

（ユーリだ……。間違いない）

愛は出場選手のリストを再確認する。

「確かにさっきユーリって言っていた。ユーリ……」

佐藤の名字はない。あったのは――

Yury Leonov　Russia
ユーリ・レオノフ……ロシア。

（これだ……）

ユーリはフィギュアスケートを続けていた。約束したとおり、世界に出てきた。世界ジュニアの舞台に。でも――。

（なぜ、アメリカ人と日本人のハーフのユーリがロシア代表なんだろう。なぜ、サトウ・

ユーリじゃないんだろう……？）

「ただいま」

玄関から華ちゃんの声がした。アイスショーのイベントから帰ってきたのだ。

「ああ、蒸し暑い。愛、リビングのエアコンつけてよ。札幌からなんか連絡あった？」

「華ちゃん、大変！　こっち来て！」

愛は華ちゃんを呼んだが、玄関先でキャリーケースの汚れを拭いている華ちゃんはなかなか二階に上がってこない。

「華ちゃん！　大変なの！　早く来て……！」

「なによ。家の中に虫でも入り込んだ？」

「違う、違う。ユーリちゃん！　ユーリちゃんがいたの！」

「ユーリ？」

階段の足音が響き、華ちゃんが部屋に飛び込んでくる。愛はモニターに映しだされた少年を指さす。

「これ見て、絶対ユーリちゃん！　ユーリちゃんだよ、華ちゃん……」

「え……？　本当に？」

華ちゃんは、信じられない面持《おもも》ちでモニターの前に座った。愛が再生を繰り返す間、華ちゃんはじいっと画面をのぞきこんだまま、表情を崩さなかった。

「ユーリ……？　え、でも、待って……」

華ちゃんは慎重に映像を見つめ、すぐに結論を出すことはなかった。

「髪の色が……違うよね……。この選手、ユーリって言われれば、ユーリに見えなくはないけど……。ユーリは灰色っぽい茶髪だったよね」

「染めたんじゃないかな。外国の選手って、プログラムに合わせて髪の色をかえるみたいだし」

「それにこんなにイケメンだった……？　このルックス、下手《へた》なモデルより上だよ」

「ユーリちゃんは前からかっこよかったよ！」

「そうだっけ？　どっちかっていうと、美少女っぽくて、可愛《かわい》い系じゃ……」

「でもさ、目元とか面影《おもかげ》は残っているよね。この鼻の高さとか、色白なところとか……」

「こんな引き映像じゃ判断できないよ。ジャンプの映像は後ろ姿だし。確かに名前はユーリ・レオノフでユーリだけど。ユーリって、ロシアでよくある名前じゃなかったっけ？」

「でも、ユーリちゃんだって！　絶対にそうだよ！」

愛が一生懸命主張しても、華ちゃんは半信半疑だった。

「ユーリは日本人とアメリカ人のハーフだから、日本とアメリカの国籍を持っていたと思うけど、なぜロシア代表なんだろう……」

華ちゃんも愛と同じことを思ったようだ。

「そこまではわからないけど……」

世界ジュニア、世界選手権は五輪と違い、その国の国籍を持っていなくても、代表選手になることができる。が、ユーリとロシアのつながりがさっぱりわからなかった。

「ユーリ・レオノフか……どっかで聞いた名前なんだけど……」

華ちゃんは考え込んだ。

「昨シーズンのジュニアグランプリシリーズは出てなかったと思うんだよね。ファイナルにいなかったのは確かだし。ロシア国内のジュニア選手権に出た可能性はあるけど、ロシアのジュニア選手権の情報なんて日本に入ってこないからなあ……」

愛の胸がざわざわする。

Yuri Sato でネット検索しても出てこなかったはずだ。ユーリの名前の綴《つづ》りが違う。Yury ――ロシア代表選手だなんて、完全に見落としていた。だけど、ユーリは約束通り、世界の場所に出てきた。六年前に約束したように。彼は――フィギュアスケートをやめていなかった。

そのことが嬉しくてたまらない。でも同時に、体中を揺さぶられた。

ユーリは約束を守ったのに、愛は彼との約束を守れないかもしれない。世界に行く前に、スケートをやめないといけなくなるかもしれない。

「華ちゃん、これが……あのユーリちゃんなら……どうして世界ジュニアのときに華ちゃんに話しかけてくれなかったんだろう。華ちゃんが出てたことは、出場選手のリストを見れば、事前にわかったはずだよ。朝食会場とか、バンケットで会わなかったの？」

すべての競技、エキシビションが終わった後、選手、関係者の打ち上げパーティーのようなもの――バンケットが催《もよお》される。そこで外国選手と交流することができる。

「SP《ショート》で怪我をしてFS《フリー》は棄権《きけん》したってあるじゃない。SPの後、すぐに本国に引き上げたのかもしれない……」

「男子選手の試合はこのDVDに入ってないんだよね。華ちゃん、男子の試合観なかった？」

「観てないんだよね。男子のSPの直後に女子のFSがあったし……。日本男子の応援に行った子もいたんだけど、ぬし様が自分の試合に集中しろって。だから、ギリギリまでホテルにいたの」

「そうか。……。ネットで探せば、ユーリの動画は見つかるかな」

「世界ジュニア、山瀬さんは男子も観戦していたはずだよ。明日リンクに来るそうだから聞いてみようよ」

華ちゃんは言った。ユーリの行方《ゆくえ》がわかるかもしれない――。山瀬さんに頼めば、ユーリの世界ジュニアの演技の動画が見られるかもしれない。

（ユーリがいた……）

胸がいっぱいで、その夜はなかなか寝つけなかった。

しかし、結論を先に言うと、ユーリの演技を見ることも、居場所を知ることもできなかった。

翌日。華ちゃんと愛はリンクに来た山瀬さんにユーリ・レオノフのことを訊いた。

「ごめん、ユーリ・レオノフの世界ジュニアSPの演技、実は……観てないんだ」

もこもこのコートを着た山瀬さんは、申し訳なさそうに頭をかいた。

「観てない……?」

「この前に滑った選手の囲みがおしちゃって……。レオノフの演技はモニターでちらっと観ただけなんだよね。SPすごかったんだって？　ジャーナリストたちの間でも、話題になってた選手で、FSを楽しみにしていたんだけど、出てこなくてね……」

「そう…なんですか……」

肩を落とした愛を見て、華ちゃんはさらに山瀬さんに食い下がってくれた。

「あの、山瀬さん、ユーリ・レオノフのSPの動画、持ってないですか?」

「それがね、男子のSPは第三グループからの放映で、第一グループに滑った彼の演技はどこにも残っていないんだよね」

（幻のSP——……）

華ちゃんも言葉を失った。

第一グループに登場したということは、アンジェリカと同様、それまで国際試合に派遣されておらず、ポイントがなかったということだ。

「彼に取材とかは……」

「SP直後の囲みでちらっとね。でも、SPで怪我をしたから本当に一言くらいしか……。あとはコーチのコメントしかとれなかった。でも、どうしたの二人とも。やけに積極的だね。そんなにレオノフの演技が気に入ったんだ。確かに彼、すごいイケメンだけど」

「山瀬さん、実は彼は……」

元リンクメイトだったと華ちゃんが告げようとしたとき、山瀬さんは驚くべきことを言った。

「残念だよね、彼、もうロシア代表では出ないって」

「ロシア代表では出ない……？」

愛と華ちゃんの声が重なった。

「うん、ロシアの連盟のサイトを確認したけど、強化選手リストから名前が消えてたから」

「名前が消えた……？」

ロシアの連盟から選手登録を抹消《まっしょう》されたということだ。普段ネットにふれない愛と華ちゃんは、海外のサイトまでチェックしたことはない。

「日本ではまだ話題になってないかもしれないね。私もロシア在住の友人から聞いたんだけど、怪我の治りが遅いから、引退する可能性もあるって聞いた」

「引退って……世界ジュニアに出たレベルの選手なのに……？　まだ十七歳で？」

「決定ってわけじゃないよ。関係者の話だと、彼、ロシア代表になる前は、カナダを拠点に練習していたそうなんだよ。だから、カナダ代表で出る可能性はまだ残っているのかな。いや、でも怪我の治り具合が悪いのなら、どうなんだろう。レオノフ、ほかのロシア選手と違ってSNSやってないから、情報が入らないんだよね」

（カナダ……！）

ユーリはトロントのリンクで練習していたと言っていた。

つながった。ユーリ・レオノフが愛と華ちゃんの知っている、佐藤悠理の可能性が。

「山瀬さん、カナダで練習していた彼がどうしてロシア代表に……」

「え、そこのところは知らないんだけど。彼、もともとロシア人じゃないの？　名字はレオノフだし」

「違う……と思います。彼が私たちの知っているユーリなら……名字は佐藤で父親は日本人、母親はアメリカ人でした。お母さんはバレエの先生で……」

華ちゃんは事情をかいつまんで話した。山瀬さんは腕を組み、興味深く聞いていた。

「へえ、日本のリンクで練習していた子なんだ」

山瀬さんでも知らない情報のようだった。

「えーと、華ちゃんと愛ちゃんが前にいたリンクって、荒川の？」

「ええ、今は閉鎖されたリンクです。だから、当時のユーリのことは調べられなくて……」

「なるほど……。日本人とアメリカ人のハーフね。で、ロシア代表になった……」

山瀬さんは手帳に書き込んだ。

「家庭の事情で引っ越したのなら、離婚したって可能性は？　で、お母さんの名字を名乗っているとか」

「カナダ代表とかアメリカ代表ならわかるんですけど、なぜロシア代表になったんでしょう」

「それもそうか」

「ユーリの……メールアドレス、わからないでしょうか」

「私、探偵じゃないからね。そんなの、ロシアの連盟に問い合わせても教えてくれないよ。最近は個人情報保護法とかで、特に厳しくなっているし」

「そう……ですよね……」

「でも、練習リンクならわかるよ。国際スケート連盟《ISU》に登録しているホームリンクはズヴヨーズヌィ。場所はロシアのサンクトペテルブルグ。ああ、アンジェリカと同じリンクだね」

（アンジェリカと同じ……）

「でも、ロシアの強化選手でなくなったのなら、今、このリンクで練習しているかどうかわからないよね」

「そう……ですよね」

元カナダ在住なら、カナダに帰った可能性もある。いずれにしても、世界ジュニアが終わって、もう五か月も経っている。彼は、もうロシアにいない可能性が高い。

手がかりをつかめたのに、また所在が追えなくなってしまう。

お礼を言って、その場を立ち去ろうとする愛たちに、山瀬さんは手帳を見つめ、叫んだ。

「待って！　そうだった。この子、確か来月、アイスショーに出るよ」

「え……？」

「そう、ロシアの、マスカレード・オン・アイスに！」

愛は華ちゃんと顔を見合わせた。

練習後、愛は華ちゃんに連れられ、ネットカフェに行った。家でネットを禁じられていても、こうやって抜け道があることを華ちゃんは大学で覚えたらしい。

二人用の個室を借り、二人でユーリの動画をさがした。

ネットに上がっているユーリの動画はほとんどない。

ユーリは昨シーズンのジュニアグランプリシリーズには出ていないけれど、ロシアのジュニア選手権でいきなり二位に入った。欧州《おうしゅう》ジュニアには派遣されず、アンジェリカと同じく、世界ジュニアが国際試合デビュー戦となった。

コーチはアンジェリカと同じ、サンクトペテルブルグ出身のミハイロフ。ジャンパーの育成に定評のあるコーチだ。

「そうだ。どこかで見た名前だと思ったら、マスカレード・オン・アイスの出演者リストだったんだ」と、華ちゃんは声をあげた。

札幌のおばあちゃんが送ってくれたマスカレード・オン・アイスの出演者リスト。ゲストスケーターにユーリ・レオノフの名前はあった。だけど、ロシア人スケーターのところにあったので、見落としていたのだ。

「マスカレード・オン・アイス、断らなければよかった……」

華ちゃんは悔しそうに呟《つぶや》いた。

「でも、華ちゃん、合宿と日程が重なっているんだよね？」

「無理をすれば、ぎりぎりどうにかなったんだよ。断ったのは――恥をさらす覚悟がなかった……ロシアで納得できる滑りができないと思ったから……」

「華ちゃん……？」

「愛も世界ジュニアの私の演技、見たでしょう？　欠点だらけで、表現力も何もない」

「そんなことは……」

華ちゃんは首を横にふった。

「自分でもわかってるの。今のままじゃ、ダメだってこともわかってる。でも……ロシアの、アンジェリカのいる場所では滑りたくなかった。比べられたくなかったの。そういう気持ちがあったから、お母さんに札幌のおばあちゃんの手術を理由にマスカレード・オン・アイスを断りなさいって言われたとき、少しだけほっとしたの。間違ってた。せめて千秋楽《せんしゅうらく》のサンクトペテルブルグ公演だけでも行くべきだった……。ユーリが引退するかもしれないだなんて……」

ユーリは現役《げんえき》を引退したら、スケートをやめるかもしれない。プロスケーターになる道がないことはないけれど、今の戦歴では日本のアイスショーに呼ばれる可能性は少ないだろう。このショーが最初で最後の、スケーターとしてのユーリと会える機会かもしれない。

「ねえ、華ちゃん、アイスショーに行く山瀬さんに、ユーリ宛《あて》の手紙、ことづけられないかな」

「山瀬さんは仕事で行くんだから。個人的なことは頼めないよ」

「そうか……。そうだよね……」

「行くなら、お互い、練習休む口実考えないと、ね」

「うん……。でも……二人分の海外旅行のお金あるかな。……札幌のおばあちゃんはもう頼れないよね」

運命ってふしぎだ。スケートをやめるかもしれないというときになってユーリが現れるなんて……。


華ちゃんが寝た後も、愛は興奮で眠ることができなかった。起き上がり、リビングで、華ちゃんの過去の演技の動画を観る。山瀬さんが編集してくれたものだ。

時代順に並べて観ると、なつかしかった。ユーリも、華ちゃんも世界ジュニアに出た。

（一体、どこで差がついたんだろう。どうして自分だけ二人のようにならなかったんだろう。世界ジュニアに出る機会は今年を入れてあと三回。今から追いつくには、どうしたらいいのだろう）

華ちゃんの中学三年生のときのSPはミュージカル「オペラ座の怪人」。

「オペラ座の怪人」のドラマティックな音楽の中、華ちゃんは淡々とエレメンツを入れていく。和田先生に目をかけられるようになった中学三年生の頃から、華ちゃんはみるみる上達した。愛が苦手としている三回転ルッツも難なく決める。

ミスをする気配もない。優等生の華ちゃんらしく、練習通りに淡々とジャンプを決めていく。

世界ジュニアの表彰台も納得だ。ミスのない選手が強い。

（華ちゃんは自分の演技はよくないって言っていたけど、華ちゃんに欠点なんてないんじゃないかな……。アンジェリカと比べたときに劣って見えたのは、アンジェリカの身体能力が人間離れしてたってだけで……）

華ちゃんの演技にアンジェリカほどの求心力はないけれど、それは、曲調のせいではないだろうか。

淡々とこなしていくのは、すごく華ちゃんらしかった。試合で華ちゃんのジャンプミスは滅多《めった》に見たことがない。コンビネーションジャンプが単発になったとしても、滑りながら頭の中で計算して、どこかのソロジャンプにセカンドジャンプをつけて、ちゃんとリカバリーする。

「やっぱり、うまいわ。華ちゃん……」

愛の口から感嘆《かんたん》の声が漏《も》れる。

「私みたいに緊張してボロボロになることもないから、お客さんも安心して見てられる。どこまでも安定していて、どきどきはらはらすることもな……」

愛ははっとする。

（どきどきはらはらしない……？）

安定感――それは華ちゃんの演技の褒《ほ》め言葉としてよく使われていた。そう、エレメンツの安定感は華ちゃんの最大の武器だ。でも、今、何かちらっとひっかかった。安定感がまるで、よくない意味を持ったかのように――。

山瀬さんは合宿所での公開練習や普段の練習のときも、関係者の許可を得て撮影していたようだ。DVDには華ちゃんの試合の動画だけでなく、練習動画まで入っていた。

強化選手の夏合宿のときの動画だろうか。華ちゃんは黒の練習着の上に全日本のジャンパーを羽織《はお》って、コンビネーションスピンの練習をしている。

「練習着だといつの演技かわからないな。しかも途中からだし……。この練習着だと高一のときのSPのラフマニノフだっけ……」

和田先生が何かを指示したあと、そのコンビネーションスピンに入るところの音楽がかかる。その曲は――

「あれ……？　オペラ座の怪人？」

ミュージカルでおなじみの、壮大でドラマティックな曲が響き渡る。

（え……なんで……？）

愛は狼狽《うろた》える。同じリンクで練習していて、いつも見ていたのに。どうして間違えたんだろう。「オペラ座の怪人」と「ラフマニノフ」、曲も違うし、振付も違うはずなのに。エレメンツの練習だったから、違いがわからなかったのだろうか。

愛は、競技会の動画ファイルに戻る。華ちゃんが中三のときの「オペラ座の怪人」と高一のときの「ラフマニノフ」を交互に観る。

「オペラ座の怪人」では、ヒロインのクリスティーヌをイメージした赤と白の華やかな衣装で、「ラフマニノフ」では、ワンショルダーの淡い水色の衣装をまとっている。

試合の動画を見ると――プログラムを見間違えることはない。

（でも衣装がなかったら――）

愛は、華ちゃんの演技をじっと見つめた。

（ひょっとして……）

愛は音をミュートにしてみる。動画を見て、目を見開いた。愛の推理は当たった。

「………同じだ……」

音を消すと、華ちゃんの動きは、「オペラ座の怪人」か、「ラフマニノフ」かわからなくなる。もちろん、振付は違う。特に滑り出しとフィニッシュのポーズは違う。

でも、それ以外のところは――違いがわからない。

もっとも、二年連続で、似たような演技構成であることは確かだ。三回転ルッツと三回転トウループのコンビネーション、三回転フリップ、二回転アクセルのジャンプの構成は変わらない。コンビネーションスピンも同じだ。当時、華ちゃんが得意としていた、背中を反らしたレイバックスピンから、レイバックのまま、右足のブレードを持ち、キャッチフットレイバックスピン、それからブレードを持った右足を頭の上に持ち上げたビールマンスピンに移行する。

しかし、「オペラ座の怪人」と「ラフマニノフ」は、曲調も曲のテンポも違うのに、滑りに変化がない。華ちゃんの動きはどのプログラムでも一様に美しい。エレメンツも決まっている。でも――。愛の喉《のど》がごくりと鳴った。

（ひょっとして……。これが華ちゃんの欠点……？）

衣装を身に着けていなければ、プログラムの違いがわからない。

華ちゃんはスタイルがよく、動きがきれいだから、皆、ごまかされている。どのプログラムを滑っても、表情も、滑りも、すべて同じ。そう、曲を表現していないのだ。

（気がつかなかった……）

この欠点に、先生方は気づいていた。だけど、下手《へた》に直そうとすると、華ちゃんの安定感が崩れる可能性がある。試合はエレメンツが入ってこそ点が出る。だから、芸術性よりもエレメンツの確実性をとって、あえて直さなかったのだ。

もちろん、賢い華ちゃんは自分の欠点に気づいている。

（これが華ちゃんの欠点なら、もしかして……）

愛は華ちゃんのＤＶＤを取り出し、かわりに自分の動画のＤＶＤをプレーヤーに入れる。

愛は、これまで華ちゃんを意識していた。華ちゃんの演技を真似、華ちゃんの仮面をつけた。

特に昨シーズンはそうだった。一体、どんな滑りをしていたのだろう……。

（うわ……）

あまりにも予想通りな動画に、愛はうなだれる。

（私も華ちゃんと同じだ……）

点数が出ないはずだ。惨敗《ざんぱい》はジャンプが決まらなかったせいだけではない。演技自体がつまらない。愛は華ちゃんの真似《まね》をしすぎて、華ちゃんのだめなところもすべてコピーしてしまっていた。そう、ＳＰ《ショート》もＦＳ《フリー》もどれも同じ滑りだったのだ。

昨シーズン最後の競技会、全日本ジュニアのＳＰの「マラゲーニャ」。ジャンプが全滅し、二度と見返したくなかった演技。その動画を愛はおそるおそる再生する。

「うわあ………なんて……退屈な演技……」

愛は思わず呟いた。

マラゲーニャはスペイン南部のマラガ地方の踊り。なのに、愛の滑りからはスペインの雰囲気《ふんいき》はまったく感じられない。ところどころ、それらしい振りは入っているが、とってつけたようで、まったくものになっていない。華ちゃんのＳＰの「白鳥」のように優雅《ゆうが》に踊ろうと妙に気取っているのが、これまた曲と合わず、ちぐはぐでおかしい。札幌のおばあちゃんがお金をかけてくれ、衣装だけは洗練されているのも、ちぐはぐさに輪をかけている気がする。

これは、マラゲーニャを踊るスペインのダンサーではない。見よう見まねで、おどおどとダンサーの真似をしているだけの、中学三年生の女の子だ。

――最悪だ。ジャッジはどんな顔で愛のこの演技を見ていたのだろう。

頭にユーリの言葉が浮かぶ。

(愛、知ってる？　リンクは劇場。スケーターたちは仮面をつけて滑るんだ)

六年前、実感としてわからなかったことが今になってわかる。

皆は自分を観に来たお客。ジャッジは最前列で観る、お客。

スケーターは仮面をつけて、お客を劇場に――その世界にひきこむ。

そう、そこは――スケーターたちの仮面舞踏会。

みんながここに観に来るのは、普通の高校生じゃない。スケーターを観に来る。

曲を――プログラムを演じることのできる、スケーターを……。

SPの曲が「マラゲーニャ」に決まったとき、小川先生にスペインの踊りをよく見るようにと言われ、振付や、手の角度を勉強した。だけど、愛は結局、形しか見ていなかった。

そうじゃない。仮面をつけて、自分がマラゲーニャを踊るダンサーになる。

氷上にスペインのダンサーを登場させる。曲と踊りを表現する。

ユーリのように……。


翌日。

「小川先生は……と」

早朝、リンクに着いた愛は小川先生を探した。

小川先生はトレーニングルームの前で、スーツを着た大人たちと立ち話をしていた。こみ入った話をしているようで、話しかけるのは躊躇《ためら》われた。

「……そうなんですよ。私のグループ、なぜか『窓際』と呼ばれているみたいで……」

立ち聞きするつもりはなかったが、小川先生は愛のいるグループのことを話しているようだった。

「先日も私のグループに入ることになった中学生の子がお母さんと一緒に来ましてね。このグループだけは嫌だって……」

「ちゃんとグループの趣旨《しゅし》を説明したほうがいいんじゃないですかね」

「そうなんですけど。それを明言すると、また誤解されそうで……」

「愛、おはよ！」

後ろから声をかけられ、愛は跳び上がりそうになる。華ちゃんだ。

「どうしたの？　ああ、連盟の人が来てるんだ」

小川先生と話している大人たちを見て、華ちゃんが言った。スケート連盟主催の合宿で会ったことがあるらしい。

「そういえば、連盟のおえらいさんが抜き打ちで練習見学に来るって聞いたけど、今日のことだったのかな」

「ええっ、そんなの知らないよ！」

愛は驚く。今日はある決意を抱いてやってきたというのに。そういう日に限って――。

「愛が気にすることはないよ。たぶん、強化選手の私とノービスの子の仕上がりを見に来たんだと思うよ」

「ああ、そっか……」

愛は自分の自意識過剰《かじょう》っぷりに赤面する。そうか。連盟の人は別に自分を見に来たわけじゃない。全日本ジュニアの惨敗っぷりからして、そんなはずはないのだ。

いや、でも――。連盟の人がいるなら、チャンスではないだろうか。もし、連盟の人に愛の実力を認めてもらえれば、愛は連盟の人の口添えで、『窓際』から抜け出すことができるのではないだろうか。

「愛、今日は何か顔つきが違う。何かいいことでもあった？」

「うん、まあね」

いいことかどうかわからない。昨夜、お母さんから話があった。

札幌のおばあちゃんの家からの援助は、もともと華ちゃんが大学に入るまでの約束だったそうだ。札幌の家にこれ以上の援助は頼れないらしい。

「でも、今シーズンの全日本ジュニアまでは援助してもらえるようお願いしたから。がんばりなさい」

お父さんとお母さんは、札幌で伯父《おじ》さんたちに頭を下げてきたそうだ。その姿を思うと胸が苦しくなる。

全日本ジュニアまではつながった。あとは——自分で道を切り開かないといけない。

愛はリンクにやってきた小川先生をつかまえ、CDを渡す。

「先生、曲かけ練習のときに、この曲、流してもらえませんか？　今日はどうしてもこの曲で滑りたいんです」

小川先生は、遠くに立っている和田先生のほうをちらりと見て、声をひそめる。

「前回でこりたでしょ？　だめよ。華ちゃんの真似は……」

以前、華ちゃんのプログラムを滑って和田先生に怒られた。

「違います、今日は違う曲なんです」

愛は勇気をふりしぼる。『窓際』で、落ちこぼれでも、貸し切りレッスン代を払っているのだから、リンクで滑る権利はある。

「どうしてもこの曲で滑りたいんです。お願いします！」

何度も頭を下げていると、

「へえ、『ガブリエルのオーボエ』ね……」

と背後から声がした。先ほど小川先生と立ち話をしていた連盟の人だ。ジャッジ席に座っているのを見たことがある。

「競技会で何度か聴いたことがあるわ。いい曲よね。私は好きだわ」

連盟の人はにっこり笑い、小川先生に言った。

「あなたのグループの子なんだから、あなたの意志で滑らせればいいじゃない。あなただって、一人前の先生なんだから、誰に気兼ねすることもないのよ」

「ですが……」

小川先生は躊躇《ちゅうちょ》していたけれど、

「これを滑ってから、『マラゲーニャ』を滑ります。今日は絶対にいい滑りができる予感がするんです！」

愛が深く頭を下げると、しぶしぶ承諾《しょうだく》してくれた。

連盟の人が見学に来たということで、リンク全体が落ち着きがなかった。まるで、小学校の保護者参観のときのようだった。先生方もやけに声に力が入っている。

曲かけ練習は華ちゃんを中心に行われ、華ちゃんの新しいプログラムが披露された。華ちゃんはノーミスで滑り、連盟の人は満足そうだった。でも、華ちゃんは笑ってはいるけれど、自分の滑りに満足していない。

愛は――

「愛ちゃん、次よ！」

「はいっ！」

小川先生の声で、愛は深呼吸する。連盟の人は華ちゃん、和田先生と話し込んでいるようで、こちらを見ていない。リンクサイドにいるママたちはまた、噂話《うわさばなし》に花を咲かせている。『窓際』の愛に注目する人などいない。

（そういうものか……）

でも、気にしない。自分の演技に集中する。

どこか遠くで、ユーリの声が聞こえた。

――きみは世界選手権のリンクに立っている。今、きみは何の仮面をつけている？

――じゃあ、スケーターになる。世界で金メダルをとれるスケーター！

十歳の自分はそう言った。

それから、うまくなるために、リンクで一番うまい「華ちゃんのようになりたい」と思い、華ちゃんの仮面をつけた。でも、それは正しくなかった。華ちゃんの仮面をつけても、華ちゃんになることしかできない。背の低い愛が華ちゃんの真似をしても、華ちゃんよりいい演技はできない。

じゃあ、誰の仮面をつければいいのだろう。ユーリの仮面――？　そう、愛はユーリの仮面をつけたかった。十歳のときの愛が初めて見た、ユーリの仮面を……。

だけど、それは――十一歳のユーリだ。十歳の愛が憧れた、十一歳のユーリの演技。DVDで観た世界ジュニアのアンジェリカの演技は、そのユーリの演技を上回った。アンジェリカだけじゃない。ユーリ自身もだ。世界ジュニアで滑った彼は、十一歳のときよりずっとうまくなっていた。愛が憧れた、至上だと思っていたユーリの演技を遥《はる》かにしのぐ勢いで。

愛は自分の曲がかかるのを待つ間、体を左右にひねり、体の軸《じく》を確認する。

今から、ずっと滑りたかったユーリの曲で、ユーリのプログラムを滑る。

でも、ユーリと同じではいけない。六年前に観た、十一歳のユーリよりもいい滑りをしないといけない。それでないと、愛がスケートを続けてきた意味がない。

じゃあ、今、つけようとしている仮面は……？　ユーリの仮面ではない――？

では、一体誰の仮面なんだろう――？

（きみはもう仮面をつけた。だから、大丈夫。さあ――行っておいで！）

リンクに音楽が流れた。

重厚な弦の響き。華ちゃんがこちらをふりむいた。華ちゃんはイントロで、これがなんの曲かわかったようだった。愛は、かつてユーリが使用した音源と同じCDを、家で飽きることなく流し、華ちゃんを閉口させた。

今から愛が滑るのは、試合で使うことができない、ユーリのFSプログラム。

でも、六年前、これを滑ったとき、ユーリに仮面をつけていたと言われた。

最初に三回転ジャンプが跳べたときの感覚を思い出したかった。無心で滑れたときの感覚を。

そういえば、ユーリに訊くのを忘れた。この印象的なプログラムを――一体、誰が振り付けたのだろう。

前奏のあと、オーボエのソロがはじまる。

これまで眠っていた体が目覚めたように、のびやかに動き出す。

マラゲーニャのときは、ジャンプに入る前の助走が長い。

だけど、このプログラムでユーリはステップからルッツを跳んだ。あのタイミングだ。

助走が長いと、考えすぎてしまう。体を縮めて、アウトエッジで踏み切る。上に跳ぶのではなく、遠くに跳ぶイメージで氷にトウを突きたて、跳び上がる。

頭の中に再現されるユーリの動きと自分の動きを重ね合わせる。

（降りた！）

思わずガッツポーズしたい気持ちを抑える。

今シーズン、一度もクリーンに決まっていなかったルッツが成功する。心なしかいつもより高く跳べた気がする。三回転ルッツに、三回転トウループをつける。

リンクサイドからパラパラと拍手が聞こえた。

（やった……！）

続けて三回転フリップを入れたあと、サーペンタインステップにうつる。

リンクの端から端まで、大きくうねるように蛇行《だこう》しながらすすむ。

ユーリはどんな動きも焦ることはない。スピードがあるのに、スピードを感じさせない。

ＬＦＯ《レフトフォアアウト》ロッカー、ＬＢＯ《レフトバックアウト》カウンター、ＬＦＯ《レフトフォアアウト》ループ……。

足元は複雑なステップを刻んでいるのに、上半身はゆったりとのびやかで優雅。

それから、男性なのに開脚スパイラルが入る。両手を広げ、フリーレッグを後ろに高く上げ、バレエのアラベスクのポジションをとる。このままでも十分きれいだけれど、難度をあげる。アンジェリカがやったように、上体を前に倒し、シャーロット。

（う……息ができない……。苦しい……）

愛のシャーロットは、アンジェリカほどの完成度はないけれど、フリーレッグの足はまっすぐ上がり、それなりの形にはなっているはずだ。このために、毎日ひそかに腹筋と背筋を鍛えた。

エレメンツのことばかり考えてはいけない。音を聴いて、音と動きを一体化させる。自分が音楽の一部になったかのように。

それから視線は上にあげる。

ジャッジ席を見たあとは、観客席を見る。ここは劇場なのだから——。

リンクメイトたちが驚いている。

「これ……愛ちゃん……？」

「なんだか別人のよう……」

そう。別人に見えてほしい。愛は今、仮面をつけて滑っている。スケーターという仮面を。

愛の知らないところで、連盟の人が華ちゃんに話しかけていた。

「この子、あなたの妹でしょ？　こんなプログラムを持っていて、どうして全日本ジュニアで滑らなかったの？　振付は誰？　こんな難しい踊りをプログラムに組み込むなんて……」

華ちゃんは連盟の人からの質問に、少しだけ誇らしい顔をした。

「振付師はわかりません。これは……違う選手のプログラムなんです」

「そうなの？　そういえば、和田先生が言っていたかしら。練習中に人の真似《まね》ばかりして遊ぶ困った子がいるって。真似をするのは悪いことではないけれど、この子のことだったのかしら」

「だと思います。お言葉ですが、愛は決してふざけているわけじゃありません。愛は……人の滑りや特徴をつかむのが飛びぬけてうまいんです。しかも……六年前のプログラムを……まだ覚えているなんて……」

華ちゃんの目は、愛の演技に釘付けになっていた。連盟の人は訊き返す。

「六年前？」

「そうです。このプログラム、録画していないんです。どこにも動画が残っていないんです。愛はこのプログラムを六年前に数回見ただけなのに……完全に振付を記憶しているんです。しかも……あのとき見た演技より……進化している……」

愛はリンクを飛び跳ねる。バレエジャンプ。それから、片手を上げてダブルアクセル。これも決まる。気持ちいいほど、体が動く。昔はユーリに憧れるだけで、できなかったことが、今はできる。練習は無駄ではなかった。

この感覚をどうして忘れていたんだろう。

体が重かったのは、氷の上に、現実の自分の感情を持ってきてしまったからだ。

恐れ、不安、焦り――。そんなものは必要なかったのに。

この日の朝練は欠席者が何人かいたから、もう一度、曲かけ練習のチャンスが愛に回ってくる。二度目の曲かけ練習はＳＰの「マラゲーニャ」。

愛はリンクサイドで息をととのえる。

かつて、愛は小川先生に「マラゲーニャ」を踊るダンサーの動画をいくつか見せてもらった。でも、自分は振付しか見ていなかった。そうじゃない。まねるべきは、表面だけじゃなかった。視線、ほとばしるような感情。そういうものが自分の内側から何も出てきていなかった。

氷の上は、ユーリが言ったとおり劇場の舞台なのに――。ただ、素人《しろうと》が出てきて演技の真似事をする――それでは、誰も見てくれない。誰にも伝わらない。

カスタネットの音に気が急《せ》いてしまうのは、カスタネットの音に体を合わせていなかったからだ。体は……音楽と一体化しないといけないのに。焦ってばかりで曲が聞こえていなかった。愛が――ただの素人《しろうと》の高校生だったからだ。

気がつくと、リンクにいる皆が――愛の演技を見ていた。

ジャンプが決まると拍手が起きる。その拍手で気持ちが盛り上がる。もっといい演技がしたい。もっと見てもらいたい。ここにいる人たちを――お客を喜ばせたい。

ユーリや、アンジェリカはこんな気持ちで滑っていたのだろうか。

人の視線を集めるのは、なんて気持ちがいいんだろう。

滑り終わったとき、小川先生が近づいてきた。

「愛ちゃん、最初に滑ったプログラムって……まさかヴィシュニコヴァ？」

（ヴィシュ……？）

「いえ、ごめんなさい。まさかね……。ヴィシュニコヴァが日本に来たって話は聞いたことがないし……」

小川先生が訊いたのは、それだけだった。滑りがよかったとか、悪かったとか、そういう感想はなく、いつも通り、淡泊《たんぱく》だった。

いい滑りをしたら、奇跡が起きるのではないかと思った。でも、奇跡なんて簡単に起きるものではない。それに、滑っている自分の感覚と、それを観ている人の感覚は、必ずしも一致しないものだ。

「愛ちゃん、今日はいい滑りだったけど、ルッツ以外、全体的にジャンプが低いのが難ね……」

「決まっているように見えたけど、回転不足も多かったから、試合だと〈《アンダーローテーション》が刺さっちゃうよね」

リンクサイドのママたちの噂話《うわさばなし》も、いつもどおりだ。拍手が起きたから、皆が自分の演技を喜んでくれているような気がしたけれど、錯覚《さっかく》だったのかもしれない。

リンクのエントランスで連盟の人とばったり会った。愛は頭を下げる。この人たちの感想が聞きたかった。お世辞《せじ》でもいい。才能がある、スケートを続けたほうがいい――そう言ってもらえたら、どれだけ愛の自信になったことだろう。

「ああ、あなた、華ちゃんの妹さんね。さっきの気持ちのこもったいい演技だったわ。今日の滑りだったら、昨年の全日本ジュニアで入賞できたかもしれないわね」

（入賞――）

その言葉に愛の顔は曇る。今日の滑りは、昨シーズン、今シーズン通してベストの演技だった。それでも、全日本ジュニアの表彰台には届かないのだろうか。

「三位以内に入るのは……無理ですか？」

「そうね、いいプログラムだけど、プログラムのよさだけでは点数は出ないわね。やっぱりあなたの課題はジャンプかしら。最近の若い選手は皆、質のいいジャンプを跳ぶのよ。それに比べると、あなたのは正直見劣りするから……」

「それは……身長が低いからですか？」

だから、『窓際』に入れられたのでしょうか――。それを訊いてみたかったが、口にすることはできなかった。もし、それが事実だったらと思うと、体がすくんだ。

連盟の人は愛の背中をポンと叩いた。

「身長が低くても、ジャンプが高い選手はいるわよ。ただ、あなたの代はジャンプの才能のある選手が多いのよね。でも、がんばりなさい。コンプレックスは大きな武器になるから。東京ブロック、楽しみにしているわ」

札幌のおばあちゃんは、ひとまず持ち直したようだ。お父さんとお母さんは明日、札幌から帰ってくる。

夜の練習の後、愛は小川先生に今シーズンでフィギュアスケートをやめる可能性があることを告げた。演技構成点の低い愛は、ジャンプの回転不足をとられると点がのびない。下手《へた》すると、二カ月後の東京ブロックで引退かもしれない。

引退をほのめかしても、小川先生は愛をひきとめなかった。ジャンプの特訓を提案してくれたり、両親を説得してくれることもない。

「そっか。……じゃあ、明日、練習でね」と淡々と言った。彼女は、そういう人だ。

事情を知った華ちゃんは、愛が相談しなかったことを怒っていた。

「なんでスケートをそう簡単にあきらめるんだよ！」

華ちゃんが夕食を作ってくれたけど、食欲がなくて、食べられなかった。

涙が止まらなくて、ティッシュを使い果たした。リンクではこらえていたけど、家にたどりついた途端、がまんできなくなった。

今日はいい滑りができた。今シーズン最高の滑りだった。あの滑りが昨シーズンの全日本ジュニアでできていれば、もっと上位にいけただろう。

だけど、ベストの演技でも、愛の実力では全日本ジュニア入賞どまりだったのだ。

ユーリは約束を守って世界ジュニアに出場した。昨シーズンはユーリと同じ試合に出られる最初で最後のチャンスだったかもしれないのに、愛はそれを逃してしまった。

それを思うと、これまでの自分がふがいなくて、悔しい。

「愛がそんなことになっているなんて知らなかった。お母さんも何も言ってこなかったし」

お母さんは札幌のおばあちゃんにつきっきりだったから、華ちゃんに告げる余裕もなかったのだろう。華ちゃんは愛が食べなかったおかずの皿をラップで包みながら言った。

「だって、華ちゃんに言ったって仕方ないじゃん。うちは……札幌のおばあちゃんが援助してくれなくなったら……お金の余裕……ないんだから」

愛なりにいろいろ調べてみてわかった。フィギュアスケートはお金がかかる。

幼稚園から大学までにかかる教育費の平均が二千万だという。華ちゃんと二人でスケートをやっていると、その金額が数年で飛んでいく。そんな大金を札幌のおばあちゃんに援助してもらっているなんて、知らなかった。

フィギュアスケートは上の先生につけばつくほど、レッスン代がかかるとは聞いていた。

試合やアイスショーの前に、レッスンを増やすと費用はかさむ。リンクの貸し切り料金もある。靴《くつ》やブレードをかえただけで、二十万近くかかる。衣装代も馬鹿にならない。

国際試合で上位に入り、賞金を手にしても、華ちゃんはアルバイトをやめなかった。フィギュアスケートにかかる年間費を聞いて腑《ふ》に落ちた。そのくらい、フィギュアスケートはお金がかかるスポーツなのだ。

「愛は今シーズン、昨シーズンと同じプログラムでしょ？　振付も衣装もかえないのなら、昨シーズンほどお金はかからないよ。試合会場だって都内だし」

「もう無理……。身長低いから、ジャンプが低いのはわかっていたし……スケート向かないって……。だから、『窓際』に入らされたって……」

「愛がやめるんだったら、何のために私がスポーツ推薦《すいせん》で大学入ったんだよ。そんなことなら私がやめて……」

「それはだめ。華ちゃんがやめるなんて、絶対だめ！」

でも、一人で悩んでいる間に、邪《よこしま》な考えが浮かんだのも事実だ。華ちゃんが世界ジュニアの銀メダリストにならなければ、華ちゃんはスケートを引退して、愛一人だけでも、スケートを続けられたかもしれない。

そんな考えを持ってしまった自分が嫌だ。世界ジュニア銀の華ちゃんは愛の誇りなのに。

「もう泣き止んでよ。泣いたって、何も解決しないよ」

華ちゃんは未開封のティッシュケースをこちらに投げてよこした。

「愛はどうなの？　今シーズン一杯でスケートをやめても、本当に後悔しない？　マスカレード・オン・アイスは？　本当に行かなくてもいいの？　行くなら、もういい加減手配しないと、間に合わなくなるよ」

「スケートやめたくないよ……。スケートをやめるにしても……やめる前に、スケーターでいるうちに、ユーリに会いたい……。ユーリの演技が見たい……」

「だったら、どうしてお母さんにはっきりそう言わなかったの。スケートやめたくないって。ロシアのアイスショーにも行きたいって」

「華ちゃん……」

「簡単に引き下がったら、愛の熱意はそんなものかって思っちゃうよ。スケートが好きっていっても所詮《しょせん》、その程度なのかって。それに、愛だってずるいよ。こうやって私の前でぐだぐだ言って。結局、心のどこかで、私が皆を説得してくれたらなって思ってるでしょ」

「思ってないよ……」

と言いつつ、華ちゃんはやっぱり愛のお姉さんだと感心する。華ちゃんは長女気質だから、困っている妹を見ると、腹立たしく思いながらも、絶対になんらかの手を打ってくれる。そういう妹の気持ちは、当然華ちゃんに見透かされている。

「それに、『窓際』を抜け出せないまま、やめるのも嫌だ」

「『窓際』かあ……。命名したのはリンクにいるママたちだけど、なんでそういうこと言うかな。小川先生、いい先生だと思うけどね」

　華ちゃんは意外なことを言った。

「小川先生、いい先生なの？」

「和田先生と指導方針とか、タイプが違うと違和感があるから、小川先生のこと悪く言う人もいるけど。小川先生、ちゃんと見てくれている先生だと思うよ。和田先生の手前、好きなことができないだけで――」

「そう……なのかな？」

「愛のいいところも、悪いところもしっかり見てくれているよ。和田先生みたいになんでも口に出すタイプじゃないだけで」

　そう言われると、そうかもしれない。

「お母さんが帰ってきたら、もう一回、ちゃんと言うんだよ。スケートやめたくない。マスカレード・オン・アイスに行きたいですって。今、ロシアに行かないと、ユーリともう二度と会えないかもしれないよ」

「……うん」

　でも、どうしていいか、まったく思いつかない。愛はソファに横たわり、ぐずる。

「でも、ロシアだよ。子供一人でロシアなんて行かせてくれないよ。私、英語もできないし……。うちの高校、バイト禁止だし」

華ちゃんと二人なら心強いが、華ちゃんは合宿を休めなくなった。えらい振付師の先生がわざわざ華ちゃんの演技を見に来るという。

海外旅行は初めてではないが、一人だと心細い。英語もろくにできないのに——。

「華ちゃん、アイスショーのチケットとか、どうやって買えばいいんだろう。ホテルの予約とかどうすれば。どうやって会場に行けばいいんだろう……」

アイスショーまで一カ月を切っているというのに。

「確かに、愛一人では心配だね……」

華ちゃんは独りごちた。

「そういえば札幌のおばあちゃん、マスカレード・オン・アイスに行くって言って、旅行会社に手配してたよね。おばあちゃんに聞いてみる価値はあるかも」

「おばあちゃんは誘えないよ。まだ療養中で……」

「違う違う、チケット。おばあちゃん、チケット買ったって言ってたでしょ？　海外の観戦チケットって基本、払い戻しできないんだよね」

華ちゃんは何かをたくらんでいる顔をした。

未成年が海外のアイスショーに一人で行く。そんなこと、どう考えてもありえない。アメリカやカナダなら語学研修で行きたいと言えば、納得してもらえるかもしれないけど……。

昨夜遅く、お母さんが帰ってきたけれど、疲れている様子だったので、結局アイスショーのことは言い出せなかった。

お母さんは、最近、美容院に行っていないから髪に白いものが目立っている。身だしなみには気をつけて、こざっぱりした格好をしているけれど、そういえば、長いこと新しい服を買っていなかった。

愛がスケートをやめれば、美容院に行ったり、おいしいものを食べたりできるのではないだろうか。そんなお母さんの前で、ロシアのアイスショーに行きたいなどと言い出せるはずがない。愛がアイスショーに行きたいというのは、単なるわがままだ。でも――何度、自分にそう言い聞かせても、ユーリに会いに行きたいという気持ちを抑えることはできなかった。

今日は山瀬さんが自宅に訪ねてきている。

一時間ほどの取材だけど、華ちゃんはあえて、お母さんが家にいる時間帯を指定した。

「本当に、わざわざすみません」

インタビューが終わった後、リビングに入ってきた山瀬さんにお母さんが麦茶を出した。

「いえいえ、こちらこそ、ご自宅までうかがって申し訳ありませんでした。札幌のおばあさまのご容体は……」

「おかげさまで、持ち直しました。ご心配おかけしまして……。山瀬さんはお忙しくされているんでしょう？　最近は雑誌の取材で海外にも行かれているとか」

「ええ、来月はロシアのマスカレード・オン・アイスに行くんですよ」

その言葉に愛はどきりとする。

「私に出演オファーがあったロシアのショーだよ。札幌のおばあちゃんも行くはずだったけど、おばあちゃんが倒れて、合宿と日程が重なって断っちゃったやつ……」

ショーの名前にピンときていないお母さんに華ちゃんが言い添える。お母さんは「ああ、あれ」と思い出したようだった。

「華ちゃんが出ないとうかがって、残念です。おばあさまのこともありますから、仕方がないとは思うんですが」

「ええ、光栄なことなんですけど、華は合宿もありますからね」

「今回のアイスショーは、本当に豪華な顔ぶれなので、一流スケーターと同じ舞台に立てるだけでも、得るものは大きかったと思うんですけれど」

山瀬さんはショーのことを語りはじめた。フィギュアスケートにそれほど詳しくないお母さんは、挙げられるスケーターの名前をほとんど知らない。だけど、山瀬さんの熱っぽい口調で、そのショーに招待されたことがいかにすごいかということはあらためて、実感したようだ。

山瀬さんが話している間、華ちゃんはリビングの隅に立っている愛をちらちらと見ていた。

（これってひょっとして――）

華ちゃんは目配せした。お母さんにショーのことを言うなら、このタイミングしかない。そういうことなんだろうか。愛は手に握りこぶしをつくった。

「お……お母さん！」

思わず声が裏返ってしまう。

「私……、そのアイスショーに行きたい！」

瞬間、お母さんの動きがぴくりと止まる。

「どうしたの。突然なにを言いだすの。愛ちゃん、あなた、東京ブロックに向けて、夏は猛特訓するんじゃなかったの？」

そうだ。スケートをやめるかやめないかの危機なのに、練習を休んでまでアイスショーに行きたいなど、お母さんは怪訝《けげん》に思ったに違いない。

あとが続かない。こういうときに、華ちゃんならうまい口実が思いつくのに。いつも、華ちゃんに頼り切っていたから、愛には相手を説得するというスキルがない。

ここで負けてはだめだ。なんとか流れを引き寄せないと。

「お母さん、私、スケートも勉強もがんばるから！　私……スケートやめたくない……し……、その……えーと……。ロシアのアイスショーに行くの、将来に必要なんだもん……」

「将来？」

「……私、スケート専門のジャーナリストになりたいの！　その……山瀬さんみたいな……！」

山瀬さんはお茶をふきだしかけた。お母さんも驚いた顔をしている。

「なに突然、馬鹿なこと言いだしたの。今までそんなそぶりも見せなくて……。もう、話の途中でごめんなさい、山瀬さん」

ジャーナリストになりたいという口実は、あまりにとってつけたようだと自分でも感じた。

山瀬さんは苦笑いしている。華ちゃんの顔を見ると、目が「へたくそ」と言っていた。

でも、ここで引き下がったら負けだ。

「マスカレード・オン・アイスのチケットなら、あるの。札幌のおばあちゃんが買ったやつ。昼・夜公演ともに買ったそうなんだけど、キャンセルできなくて余っていたの。それにおばあちゃん、ホテルも全額前払いでとってあるって」

「愛、あなた、入院中のおばあちゃんにお見舞いの電話するって言って、そんな話をしていたの?」

お母さんは呆《あき》れたように言った。

「おばあちゃんから話をふってきたんだよ。華ちゃんがショーの出演を辞退したの知らなかったらしくて……。航空券は名義変更も譲渡《じょうと》もできないから、キャンセルしないといけないそうなんだけど、おばあちゃんのたまったマイルで、ロシアまでの往復チケットが買えるって……。だから、お金はかからないって」

畳《たた》みかけるように言ったけれど、お母さんは無言だ。どうも、お金が問題ではないらしい。

「お願い、お母さん、一生のお願い……！」

お母さんは山瀬さんに気を遣い、声を落とした。

「アイスショーなら、何もロシアのショーに行かなくても、日本のに行けばいいじゃない。華が出るショーなら、付添人《シャペロン》パスもらえるでしょう?」

「違うの。どうしても……その……マスカレード・オン・アイスに行きたいの」

「どうして?」

「どうして……って……」

ああ、言葉が出てこない。お母さんはユーリのことを知らない。小学生のときの友達で、引退するかもしれない選手がいるから、会いに行きたいなんて、そんな不純な動機では絶対に許可してくれないに決まっている。

お母さんを納得させるにはどうしたらいいんだろう。

華ちゃんは、愛とのかかわりをお母さんに勘付かれたくないのか、知らない顔をしている。

お母さんの沈黙が一時間にも二時間にも感じられた。そのときだった。

「ああ、すみません。私のほうから先にお話ししておけばよかったです」

沈黙を破ったのは、山瀬さんだった。

「愛ちゃんにちらっと話したんですけど、マスカレード・オン・アイスの取材に愛ちゃんをお借りしたいと思っていたんですよ……」

（え……？）

華ちゃんがほっとした表情を見せる。状況がわからなくて戸惑っている愛を見て、華ちゃんがウィンクした。ああ、山瀬さんにあらかじめ事情を話してあったのだろう。山瀬さんは愛を助けてくれようとしてるのだ。

山瀬さんはにこやかな笑みを崩さず、落ち着いた口調で話を続けた。

「ただ、メディアパスは一名分しかとれないので、無理だろうなあって思っていたんです。でも、愛ちゃんがチケットを持っているなら、ぜひお願いしたいです。ロシア滞在中、スケートの練習ができないってことはありません。愛ちゃんさえよければ、雑誌のスケートレッスンの企画に協力していただきたいです」

（スケートレッスンの企画？）

　愛が沈黙している間に、山瀬さんは自分のペースで、どんどん話を進めていった。

「ご存知かどうかわかりませんが、私が寄稿している雑誌に『世界のトップスケーターのスケートレッスンを受けてみよう』という連載企画があるんです。幸い、読者の方から好評を博しておりまして……」

「ああ、"The Skaters"。読んだことあります」

　山瀬さんが差し出した雑誌を見て、お母さんの気持ちが動いた。

「ジュニアまでの選手が憧れのスケーターに直接指導してもらえる、夢のような企画ですよね。これ、山瀬さんが担当されていたんですね」

「ええ、そうです。で、次号のテーマが『マスカレード・オン・アイス』出演スケーターによるレッスンだったんです。華ちゃんがショーに招待されたと聞き、ロシアでスケートレッスンが受けられるよう手配していたんですが……」

「ああ、そういえば、華からそのような話を聞いてました」

「ええ。華ちゃんの都合が合わなくなったということで、この企画は一度流れたんです。ですが、もし、愛ちゃんがマスカレード・オン・アイスに行くのなら、華ちゃんの代役というのも失礼なんですが、愛ちゃんにお願いできないかな……と。あ、謝礼は出せないんですが、そのかわり保護者がわりになりますから」

「無料でトップスケーターのレッスンが受けられるというのは、ありがたいお話ですが。いくらなんでも未成年の子を一人で海外には……。ロシアってビザがいるんじゃないですか。申請費用も何万円もかかるみたいで……」

「ホテルが手配できているなら、ホテルからバウチャーを出してもらえるので、ビザの取得は難しいことではないですよ。二週間あれば、無料で手配できます。ビザの申請書類、顔写真、パスポートを持ってロシア大使館に行かないといけないですけど、私も行く用事があるので、私が愛ちゃんの分も持って、大使館に行ってきますよ」

「待ってください。突然のことで……」

お母さんは急な流れに戸惑っていた。

「そうですよね。今日のお話はあくまで打診《だしん》ということで。でも、引き受けてもらえると、こちらは本当に助かります」

山瀬さんはさすが社会人で、引き際《ぎわ》がうまい。おまけに、一言付け加えるのを忘れなかった。

「ロシアに行けば――ロシア人選手がどんな特訓をしているのか見られるかもしれないですよ。愛ちゃんにとっていい経験になりますし、華ちゃんの今後の役にも立つと思うんですけど」

華ちゃんの役に立つ――。その言葉はお母さんの心をくすぐったようだった。

山瀬さんはついにお母さんからこの言葉を引き出した。

「近いうちにお返事しますので、ちょっと考えさせてください……」


「山瀬さん、ありがとうございます！」

山瀬さんが帰ったあと、愛は華ちゃんに電話番号を訊いて、山瀬さんに電話する。

「まだ決まったわけじゃないからお礼は早いよ」

「でも……、あの……それでも……ありがとうございます」

後押ししてくれるだけでも、嬉しい。

「ロシアでのスケートレッスン企画の話は本当なんだよ。華ちゃんにお願いするはずだったんだけど、華ちゃんがマスカレード・オン・アイスを辞退して、断られたから、愛ちゃんが引き受けてくれると本当に助かる」

「でも、私でいいんですか？　私、華ちゃんほどの知名度も、実力も……」

（それに、今シーズンでスケートやめるかもしれないし……）

「華ちゃんの妹っていうのだけで、ほかのジュニアのスケーターより知名度あるよ。それに――十六歳だから、今後のことはまだわからないよね。それから、私はいい人なんかじゃないからね。愛ちゃんがロシアに行けるとなったら、私は悪いけど、愛ちゃんを利用させてもらうよ。頼みたいこともあるし。きっちり働いてもらうよ」

「構いません。利用してください！」

電話口から山瀬さんの笑い声が聞こえた。あたたかい笑い声だった。

お母さんの説得には時間がかかった。札幌の伯父《おじ》さん夫婦も難色を示したようだった。

でも、ロシア行きに関しては、最終的に札幌のおばあちゃんの鶴の一声で決まった。

「チケットあるんだから、行ってくればいいじゃない」

札幌のおばあちゃんは、やっぱり孫に甘かった。


お盆休み、人であふれかえっている成田《なりた》空港。

「本当にお世話になっても大丈夫でしょうか」

お母さんが出国ゲートまで見送りに来てくれた。

「ええ、問題ありません」

と、山瀬さんは笑った。これから十日間、愛は山瀬さんとロシア二人旅だ。

預けたスーツケースの中には、スケート靴《ぐつ》が入っている。

「パスポート持った？　液体は持ってないでしょうね？」

「大丈夫だよ」

「行ってきなさい。お土産《みやげ》はいらないから。くれぐれも山瀬さんのご迷惑にならないようにね」

お母さんはアイスショーを見てくれれば、愛のふんぎりがつくと思ったのだろう。

「帰ってきたら、勉強に集中するのよ。夏休みの宿題もちゃんとやること！　悔いの残らないようにね」

「わかった。ありがとう、お母さん」

X線検査の後、人垣の向こうから手を振るお母さんの姿が見えた。いつも華ちゃんが海外遠征に行くときは、こういう感じなんだろうなあと思うと、胸に迫るものがあった。

その華ちゃんは、昨夜、合宿の荷物を詰めながら、嘆《なげ》いていた。

「私もロシア行きたかったな……。アイスショーに出るのはごめんだけど、スケートを離れて旅行したことってほとんどないから」

出発日の朝、愛より一足先に家を出ないといけなかった華ちゃんは、お父さんの車に乗る前に、愛に小声で言った。

「ユーリに会いにいったら、きっとスケートを続けたくなるよ」

「え？」

「ユーリによろしく」

「うん」

ユーリに会いたいということは、愛がフィギュアスケートに未練を残している証拠。愛の気持ちなど、華ちゃんにはやはり、見透かされていたのだった。

二　ロシア　マスカレード・オン・アイス

ロシア第二の都市、サンクトペテルブルグ。

愛《あい》と山瀬《やませ》さんの乗った飛行機は、プルコヴォ空港第一ターミナルに降り立った。

旅行者にとってほどよい大きさの近代的な空港で、ターンテーブルに流れてくる荷物をとって、税関を抜けたら、すぐ建物の外に出ることができる。

空港内に日本語の文字はどこにもなく、表示はロシア語と英語の二種類。周囲にアジア系の人も少なく、聞こえてくるのは聞いたことのない言語ばかりで、外国に来たという感じがする。

到着時刻は現地時間の夜九時を回っており、外は完全に真っ暗だ。

「愛ちゃん、両替は空港じゃなくて、市内の両替所でするね。そのほうがレートがいいから。まずはホテルに行こう」

「わかりました」

山瀬さんは海外だと日本にいるときより、生き生きするようだ。到着ロビーで待ち構えているタクシーの呼び込みに対しても、怖気《おじけ》づくことはない。

「ニナーダ！」

しつこい声に対して、山瀬さんが叫ぶ。相手がひるんだ瞬間、山瀬さんは愛の腕をひく。

（すごい……）

愛は、要らないという拒絶を意味する「ニナーダ」を口の中で唱える。生活に必要な片言のロシア語は機内で教えてもらった。ペテルブルグはロシアの大都会だけれど、英語は通じにくいという。

「ここ最近は英語教育がさかんだそうだけど、ロシアの語学教育はもともと選択制なんだって。学校によって教える外国語が違うそうで、日本みたいに外国語＝英語じゃないんだよ。だから、ドイツ語やフランス語のほうが意外に通じることもあるらしい」

「そうなんですね……」

英語が通じない国があるなんて考えたことがなかった。高校の英語の先生は、英語さえできれば、世界中どこでも旅行できると言っていたけれど。

「でも、肝心《かんじん》なのは語学力じゃないの。何語でもいいから、はっきりと意志を表すことだよ。嫌なことは嫌っていうこと。ロシアの治安はよくないっていうけど、そもそも日本以上に治安がいいところなんてほとんどないんだよ。だから、外国に出るときは常に警戒心をもっていないとね。スリも多いから、バッグを開けっ放しにしないでね。相手はプロのスリなんだから」

「は……はい！」

やはり山瀬さんに同行させてもらってよかったと愛は思う。愛一人では初日から路頭に迷ったことだろう。ガイドブックで事前にロシア事情を調べてはきたけれど、見ると聞くとでは大違いだ。市内中心部への移動はマルシュルートカという乗合タクシーが便利だというが、乗り場もわからない。キリル文字はちんぷんかんぷんだし、ロシアの地名の英語表記も読みにくい。

空港からどうやって市内のホテルに向かうのだろう――と思いきや、

「山瀬さん、こっちこっち！」

凜《りん》とした日本語が聞こえ、手を振る人が見えた。八月なのに秋物のカーディガンを羽織《はお》った華奢《きやしや》な体型の日本人女性。年齢は、山瀬さんと同じ二十代後半だろうか。アイメイクの入れ方が、ハリウッド映画でよく見るタイプのアジア人女性っぽい。

「あー、ユキちゃん、お久しぶり！　忙しいのにわざわざ来てくれたの？」

「ご無沙汰《ぶさた》です。ずっとメール返信できてなくてすみませんでした。一昨日ペテルブルグに戻ってきたんですよ。救援物資を持っていくってメールを見て、飛んできました」

山瀬さんとそのユキさんという女性は再会を喜び合った。ロシアに長年住んでいる女性で、山瀬さんの取材の手伝いをしてくれるという。

「うれしい！　スケート仲間のパーティーで日本食を作りたかったんですよ！」

山瀬さんから受け取ったキャリーバッグの中身を確認したユキさんは、声を上げて喜んだ。中には山瀬さんが空港で買い入れた救援物資――日本の米や調味料、医薬品などが入っている。

「ロシアって日本の食材売っていないんだっけ？」

「お菓子とかカップ麺とか調味料なら、以前より見かけるようになりましたね。でも、いつもお店にあるわけじゃないんですよ。ロシア食だけでもやっていけるくらい慣れましたけど、やっぱり日本食って、日本人にとってエネルギーの源なんですよね。つらいときとか、病気になったときに、これ食べてがんばろうって気になるし。これだけたくさんあれば、皆におすそ分けできるし……」

ユキさんは山瀬さんと五年以上のつきあいがあり、この食材と引き換えに、空港送迎を引き受けてくれたそうだ。

救援物資の詰まったキャリーバッグを大切に車に詰め込んだ後、「あ、どうも、新庄雪《しんじょうゆき》です。ロシア在住八年です」とユキさんは愛に挨拶《あいさつ》した。初めて愛の存在に気づいたようだった。

車に乗り込みながら、愛も頭を下げる。

「白井《しらい》愛です。よろしくお願いします」

自己紹介は、お互いあっさりだった。

ユキさんの車は、ペテルブルグ市内に向かって、まっすぐ北上した。

ユキさんは助手席に座った山瀬さんと最近のスケート事情について話していたが、沈黙している後部座席の愛のことが気になったのか、話題をふってきた。

「愛ちゃんって、雑誌のスケートレッスン企画の子だよね。えっと、小学生だっけ？」

「……高校一年生です」

ユキさんという人は、悪気なく愛の地雷を踏んだ。でも、さばさばしていて、嫌味がない。海外生活が長いせいか、日本人なのに言動が外国人のような印象を受ける。

「あ……ごめんごめん、こっちに住んでいると、アジア人の年齢が読めなくなるんだよね。私だって三十歳近いのに、よく『お嬢ちゃん』って呼びかけられるから」

「……私、そんなに子供っぽいですか？」

欧米《おうべい》で日本人は童顔に見られるというのは本当らしい。

愛は不安になる。実はモスクワでの入国審査のときも、パスポート片手にこわもての審査官に何度も年齢を訊き返され、あやうく入国できなくなるところだったのだ。

「こっちの人は、顔の彫りの深さや身長で人を見るからね。でも、若く見られるのは得かもよ。なんでも子供料金ですませられるから。うちのリンクでも半額料金で滑れるよ」

「あの……新庄さんは……」

「この国ではユキで呼ばれているから、下の名前でいいよ」

「ユキ……さんは、スケートの先生……なんですか？」

「愛ちゃん、彼女は……！」

山瀬さんが何か説明しようとするのを、ユキさんは笑って押しとどめた。

「先生っていうほどのものじゃないけど、今はズヴョーズヌィっていうリンクで子供たちを教えているの」

「ズヴョーズヌィって……確かアンジェリカの……」

「そうよ。アンジェリカのホームリンク。よく知っているわね」

「いえ……」

ということは、この人はユーリが滑っているリンクでインストラクターをしているのだ。でも、なぜ日本人の女性がロシアでスケートを教えているのだろう。ロシア人と結婚した人なんだろうか。

「愛ちゃん、今回のマスカレード・オン・アイスの取材とスケートレッスンの企画は、ユキちゃんのおかげで通ったようなものなんだよ。ビザの申請の手続きでもお世話になったし」と山瀬さんが口添えする。

「そんな大げさな……。山瀬さんにはいつもお世話になってますから。救援物資、持ってきてもらってるし。雑誌の企画を聞いたときは驚いたけど、愛ちゃんを見て安心した。愛ちゃんならお姉さんの華《はな》ちゃんより、例の企画に向いているかもしれないですね」

（例の企画――？）

「それってスケートレッスンのことですか？」

「そうよ」

企画に向いているってどういうことだろう。華ちゃんより下手《へた》だから、教えがいがあるということだろうか。だけど、山瀬さんとユキさんは別の話をはじめてしまい、聞きそびれてしまった。

愛は、車窓から街の風景を眺める。日本を出て思う。世の中、知らないことだらけだ。そういえば、以前、華ちゃんが言っていた。スケート漬けで一般常識がない――。それは愛も同じだ。スケートをやっている人の中にいると、気がつかないけれど、リンクの外に出ると、いかに自分が物事を知らないかがわかる。

今いる場所は、サンクトペテルブルグ。実は一カ月前までその街の名前すら知らなかった。

ロシアといったら、首都のモスクワくらいしか聞いたことがなかったし、そのモスクワの場所も、なんとなくでしか知らなかった。

だけど、この街のどこかにユーリが住んでいる。そう思うと、親近感がわいた。

夜の闇に玉ねぎ頭の教会のシルエットが見える。対向車線ですれ違ったロシアのバスの宣伝文字はキリル文字。Mの文字がある建物は、メトロだろうか。時折、日本食のレストランらしい、赤提灯《あかちょうちん》の店が見える。外は八月でも肌寒いようで、人々はもう長袖《ながそで》を着て歩いている。

「あ、マスカレード・オン・アイスのポスター！」

バス停にアイスショーのポスターが貼られているのに気づき、愛は声をあげた。

「そうなの。七月から八月にかけて、ロシア全土で公演してきて、今週末のペテルブルグ公演で千秋楽《せんしゅうらく》なのよ。千秋楽はテレビ放映もあるみたいよ」

ポスターを見ると、実感がわいてくる。とうとう、来た。このアイスショーに行けば、ユーリの演技が見られる。ユーリに会える――。

ホテルまで車で三十分程度と言われたが、中心部は渋滞しているようで車は進まなくなった。

「まあ、この国ではよくあることよ。何事も思うように進まない」とユキさんは笑った。

「イライラしませんか？」

「逆にイライラしなくなったわ。不便に慣れると、寛大になれるのよ。普段、うまくいかないことが多いから、ちょっとしたことがうまくいっただけで、その日一日幸せになれるの」

気がつくと、山瀬さんは寝息を立てていた。興奮した愛が機内でずっと話しかけていたから十分に休めなかったに違いない。それに、今は日本時間だと朝の三時だ。

「あの……ユキさん、質問していいですか？」

「どうぞ」

「その……ユーリ・レオノフのことなんですけど」

「ああ、山瀬さんから聞いたわ。ユーリのファンなんですって？」

ファンというのは少し違うけれど、初対面のユキさんに関係を説明するのも面倒で、そういうことにしておいた。

「ユーリも日本から追っかけがくるなんて大したものね」

「あの……彼、本名は佐藤悠理《さとうゆうり》じゃないんですか？」

「サトウ・ユーリ？」

「昔、そういう名前で、同じリンクで滑っていたんです。いえ、その……ユーリ・レオノフっていう選手が私と同じリンクで滑っていた佐藤悠理じゃないかと思うんですけど……」

「ユーリ、日本にいたの？」

「……と思うんですけど」

ユキさんは考え込んだ。

「うーん……ユーリの生い立ちは私もよく知らないのよ。子供の頃、カナダに住んでいて、妹さんと一緒に滑っていたって話は聞いたけど、名字がロシア人だから、てっきりカナダ生まれのロシア人だと思ってたわ。東洋系のロシア人は多いし、話すときはいつもロシア語だし。ああ、でも、彼、英語のほうが流暢《りゅうちょう》なのかな。だから、マスカレード・オン・アイスに出演する、海外のゲストスケーターの通訳をやってもらっているの」

そう。ユーリの名字はレオノフになっていた。日本を離れた後に名字が変わったのだろうか。だとしたら、彼に何があったのだろう——。

「あの、ユーリはいつからペテルブルグで滑っているんですか？」

「質問はユーリのことばっかりね」

ユキさんは笑った。

「ユーリがうちのリンクに来たのは、三年前。家庭の事情でペテルブルグに引っ越したって聞いたけど、詳しいことは知らないわ」

「今回のショーで引退って本当ですか？」

「ああ、ネットではそういう噂《うわさ》になっているみたいね。山瀬さんにも訊かれたけど、ユーリ、世界ジュニアの前に四回転ジャンプの練習のしすぎて、膝を痛めてしまったから……。リハビリを続けて三回転は跳べるようになったんだけど、四回転はドクターストップがかかったの。プログラムに四回転を入れられないと、ロシアでは代表選手には選ばれないから、そういう意味では引退勧告を受けたっていうのは間違いないわね」

　男子のトップ選手の技術力は年々増していっている。二〇一〇年のバンクーバー五輪では、質のよくない四回転より、質のいい三回転ジャンプが求められたが、現在、トップ選手の優勝争いには四回転ジャンプが必須《ひっす》となっている。それも、一種類の四回転ではなく、複数の四回転ジャンプだ。三回転と四回転では、基礎点が六・〇以上も違う。四回転ジャンプをプログラムに入れられないというのは、男子選手にとって致命的だ。

「でも、まだ引退は確定ではないわ。ミハイロフコーチとの契約は解消したけど、ユーリの才能を惜しむ人は多いの。アイスショーに来た選手や振付師たちもユーリの滑りに注目していたし、彼が自分の才能をアピールできれば、ほかにチャンスがあるかもしれない。ミハイロフコーチじゃなくても、ほかのコーチにつくとか、ほかの国の代表選手になるとか……」

「日本代表で滑る――とか？」

　愛は言った。父親が日本人のユーリは日本国籍を持っているはずだ。一緒に日本で練習できる可能性もある。

「日本はないでしょうね。今、日本男子はロシア以上に層が厚いじゃない。五輪チャンプもいるし、どうかしら……。でも、ユーリは現役《げんえき》続行をあきらめていないみたいよ」

「そうなんですか」

「昔、誰かと約束したんですって。世界選手権で再会するって――」

ユキさんの言葉に愛の胸がざわめいた。

ユーリ・レオノフが佐藤悠理なら——彼は、愛との約束を忘れていなかったのだ。

ペテルブルグの宿泊先はYホテル。ネフスキー大通りに面している高級ホテルだ。地下鉄の駅が徒歩ですぐのところにあり、移動も便利。外国に行き慣れている札幌《さっぽろ》のおばあちゃんが手配しただけあって、サービスもよく、機能的だ。ルーブル安のおかげで、お手頃価格となっている。ジュニアスイートの部屋は、愛一人では贅沢《ぜいたく》だし、広すぎるので、ベッドルームの一つを山瀬さんに使ってもらうことにした。

「ちゃっかり私までこんないい部屋に泊まらせてもらって悪いなあ」

朝、バスルームから出てきた山瀬さんが言った。

「いえ、とんでもないです。それに山瀬さんと……同室だとほっとします」

このホテルは部屋でチャージされるので、一人で泊まっても、二人で泊まっても宿泊料金は変わらないのだ。

日本との時差は六時間。愛は空港でレンタルしたタブレットを起動し、お母さんと華ちゃんに無事に到着したことを報告する。

（いよいよユーリに会える……）

朝食の後、山瀬さんが愛に日程表を手渡した。

「じゃあ、八日間の滞在予定をもう一度確認させてもらうね」

事前にメールしてもらっていたが、念のためにプリントアウトしたものだ。緊急連絡先として、ユキさんの電話番号も書かれてあった。

八月十六日（日）到着
八月十七日（月）レッスン（第一回）。ショーの練習見学とスケーターインタビュー
八月十八日（火）レッスン（第二回）。ショーの練習見学とスケーターインタビュー
八月十九日（水）レッスン（第三回）。（スケーターのインタビューをする可能性もあり）
八月二十日（木）予備日
八月二十一日（金）ショーの通しリハーサル
八月二十二日（土）マスカレード・オン・アイス（昼・夜公演）
八月二十三日（日）マスカレード・オン・アイス千秋楽
八月二十四日（月）出国

「ごめんね、せっかく海外に来たのに、観光の予定が入っていなくて。ロシアで単独行動

は危ないから、一緒に行動してもらうね。午前十時から午後七時までほとんどリンクにいることになると思う。ショーの日も朝から取材に追われるかもしれない」と山瀬さんが言った。

「大丈夫です。山瀬さんのお手伝いするという口実で連れてきてもらったんですから」

愛は笑った。それにリンクに行ったほうが、ユーリに会える可能性が高い。

「ショーの出演者に変更があったから、見ておいてね」

「わかりました」

ズヴョーズヌィ・リンクまでホテル最寄りの地下鉄の駅から電車で一駅。街の中心部はよく渋滞するので、地下鉄移動が一番速くて確実なのだそうだ。

ただ、電車で一駅といっても、日本の一駅のようにはいかない。

「は……山瀬さん、奈落《ならく》の底に吸い込まれます！」

「いいから、早く乗って！」

知らなかった。ペテルブルグの地下鉄は地質上の理由から、世界で最も深いところを走っているらしい。そのため、エスカレーターは先が見えないほど長く、そのスピードはかつて体感したことがないほど速い。長いエスカレーターを上り下りするだけで、往復十分はかかるという。左側は急ぐ人用に空ける。急いでいる人は、猛スピードで進むエスカレーターの上を、躊躇《ためら》うことなく、一番下の段まで駆け下りる。

日本のエスカレーターの速度を思うと、お年寄りや子供にやさしくないと思うが、この高速エスカレーターにお年寄りや子供もしっかり乗っているので、慣れの問題なのかもしれない。

プラットホームまで降りると、壁に前の電車が出発して何分経過したという表示はあるが、時刻表がないため、次の電車の到着時刻はわからない。旅行者サイトの書き込みによると、数分ほど待っていれば次の電車が来るということなので、来た電車に乗る。低い男性の声のアナウンスの後、電車の扉は猛スピードで閉められる。そこで挟まれようが、何か問題があろうが、電車は動く。日本と何もかも違い、戸惑うばかりだ。

人は皆、むっつりと不機嫌そうな顔をしている。

「不審人物やスリが寄ってこないように、警戒している顔なんだって」と取材で何度かロシアに来たことのある山瀬さんが教えてくれたが、正直、こわい。ロシア人が話すロシア語も、なんだか怒鳴っているように聞こえる。言葉がわからないというのは、それだけで神経をすり減らす。周囲の人の一挙一動《いっきょいちどう》にびくついてしまう。

（ここがユーリが住んでいる街……）

ヨーロッパ風の街並みはとてもきれいだ。地下鉄の構内の装飾も芸術的だ。

だけど、愛はなんだかとんでもないところに来てしまった気がした。

ホテルを出てまだ二十分。なのに、目的の駅に到着するなり、愛はどっと疲れてしまった。事前に脅《おど》されたせいか、人を見るとスリに見えてしまう。緊張で精神が消耗《しょうもう》しすぎて、体が持たない。

スポルチーヴナヤ駅の改札を出て、地上への階段を上ったところに、そのリンクはある。灰色の重厚な建物の外壁にはスポーツパレス・ズヴョーズヌィとロシア語で書かれている。ズヴョーズヌィとは、ロシア語で「星の《スター》」という意味らしい。数多くのスター、金メダリストを輩出した伝統あるリンクだ。現在も、未来のスターが練習しているという。

リンク見学と取材の件は、ユキさんを通じて警備員に伝えてあったはずだが、セキュリティが厳しく、なかなか中に入れてもらえない。こわもての警備員はにこりともせず、何を言っても「ニェット」しか返ってこない。この言葉がロシア語の「NO」であることを愛は覚えた。

ユキさんが言っていたように、この国では何事もスムーズに進まない。英語と、片言のロシア語を交え、ユキさんの名前を出したり、愛のスケート靴《ぐつ》を見せたりして、押し問答の末、ようやく中に入る許可が下りた。

「きっと明日も警備員と同じやりとりしないといけないんだよ」と山瀬さんが苦笑した。

「ユキさんもユーリも、よくこんな街に住めてますね」と愛が言うと、

「まあ、日本の生活に慣れた人は、外国生活は難しいっていうよね。言葉ができれば、別だろうけど」

早めにホテルを出たはずなのに、約束の時間までもう五分しかない。愛と山瀬さんは建物内を走った。

愛は日本のリンクをすべて知っているわけではないけれど、このズヴョーズヌィは予想以上に広かった。日本のリンクと違うのは、中に複数のリンクがあるということだ。メインリンクのほかに、サブリンクがあり、子供たちが練習する小さいリンクがある。リンク以外にも、バレエのレッスンができるトレーニングルームやジム、カフェもある。

更衣室で着替えをすませ、ユキさんと待ち合わせの約束をした奥のリンクにたどり着いたときには、愛も山瀬さんも疲労困憊《こんぱい》だった。

「遅かったじゃない」

二人の気も知らず、ユキさんは言った。

ユキさんは上下黒の練習着で子供たちの練習を見ていた。パッと見でも子供たちのレベルの高さがわかる。リンクには数名の先生がいて、それぞれ子供たちを指導している。そういう様子は日本のリンクと変わらない。ただ、先生方はどの方も名だたるスケーターらしく、往年のフィギュアスケートファンの山瀬さんは興奮気味だった。

「先生たちに挨拶《あいさつ》してくるから、愛ちゃんはウォームアップしててね。ショーの主催者の人にも練習見学許可のお礼を言ってこなきゃ……」

「はい」

山瀬さんが担当している雑誌のスケートレッスン企画は、毎回違うゲストを迎え、日本国内のジュニア、ノービスの選手が国内外の人気スケーターに指導を受ける。何を教わるかは、実際に行ってみないとわからないそうだが、指導してくれるスケーターの得意なものを教えてくれるらしい。

(ジャンプを教えてくれる先生がいいんだけど……)

一体、どのスケーターの指導を受けられるのだろう――。日本でやっているのと同じように、リンクを反時計回りにぐるぐる回っていると、山瀬さんが慌てて戻ってきた。

「愛ちゃん、通路にユーリ・レオノフがいたよ！」

その言葉を聞いた瞬間、愛の心臓が跳ねた。

「次の時間、このリンクで滑るらしくて、時間の確認に来てたみたい」

(ユーリがいる……)

アイスショーに行けば、会えると思っていたけど、こんな早くに機会がめぐってくるなんて。

「アップ終わった？　愛ちゃんはこっち」とユキさんが手招きする。

「曲、持ってきてる？」

「え……？　ユキさんが……見てくれるんですか？　あの……ユキさんって、マスカレード・オン・アイスの出演者なんですか？」

「そうよ。ああ、知らなかったの？　……といっても、メインの出演者じゃないけどね。自分のプログラムを滑るわけじゃないのよ。群舞のお手伝いさせてもらってるの。千秋楽には地元の子供のスケーターや、シンクロチームもエキストラで参加するのよ」

「ああ、そう……なんですね」

アイスショーではプロスケーターや地元のスケーターが出演することがある。

（マスカレード・オン・アイスの出演スケーターに指導してもらえるって言った山瀬さんの言葉は嘘じゃなかったけど……群舞ってことは、トップスケーターじゃないのか）

少しだけがっかりした。ロシアに来たから、てっきり外国人のスケーターに見てもらうものだと思いこんでいた。でも、ユキさんはこのリンクのエリート揃《ぞろ》いの子供たちを指導している先生だ。そんな先生に見てもらえるのは、やっぱり貴重な経験だ。愛は気をひきしめる。

「今日は私の専門じゃなくて基礎的なことしか見てあげられないけど。ショーに出るスケーターたちの練習が一時間後にあってもうすぐ整氷が入るから、それまでの時間ね」

「わかりました」

滑るプログラムは今季のSP《ショート》かFS《フリー》か迷った。だけど――すぐ傍にユーリがいるなら、この曲で滑ってみたかった。モリコーネの「ガブリエルのオーボエ」。まともに滑ったことは、数えるほどしかないけれど。この曲を流したら、ユーリが現れてくれるのではないか、感動的な再会の場がもてるのではないかと思った。

今にして思えば、ユーリに会える喜びで、舞い上がっていたのだろう。ユーリにとってこの曲がどんな意味を持つのか——そのときの愛は、なにひとつ、理解していなかった。

愛はリンク中央に進み出て、スタート位置についた。

練習を終え、リンクサイドにはけた子供たちは、愛を値踏みするような目で見ていた。外国のスケーターがロシアのリンクに何をしに来たんだろうという視線だった。

ユキさんはCDをディスクに入れ、再生ボタンを押した。リンク上部にあるスピーカーから音楽が流れる。まるで、天上からふりそそぐ光のように、音がリンクにふってくる。

(空気が乾燥しているせいか、音がいつもよりきれいに聞こえる。なんだか心が洗われるよう)

かたくなっていた体をほぐしてくれるような、オーボエのやさしい音色。

最初は三回転ルッツと三回転トウループのコンビネーション。苦手意識が先立って、若干《じゃっかん》回転不足気味だったが、降りることは降りた。

愛は意識を集中させる。頭に思い浮かぶユーリの演技を、ただシンプルになぞる。真似《まね》をするわけではない。いいと思ったところを取り入れ、もっと体を大きく動かす。

フライングキャメルスピンからキャッチフット。

ここが日本のリンクではないからだろうか。リンクにいる人たちが知らない人たちばかりだからだろうか。体を動かすのが楽だ。感情が心の奥から、わきあがる。曲にあわせて、のびやかに、優雅《ゆうが》に動く——。そうすると、自然と笑顔がこぼれる。

ステップも急がない。ひとつひとつ丁寧《ていねい》に。でも、エッジをしっかりコントロールする。日本の大泉《おおいずみ》スケートリンクと比べると、人の数が少ないせいか、氷がそれほど荒れておらず、とても滑りやすい。最後のスピンまで気を抜かず、愛は滑り切った。

後半、スタミナ切れを起こしたので、百点満点の出来ではない。でも、手ごたえを感じた。

終わった瞬間、子供たちから拍手がおきた。

「マラジェッツ！」

子供たちは愛に向かって、叫んでいた。

こういうのを既視感《デジャヴ》というのだろうか。その様子が、六年前の、今はなき荒川《あらかわ》のリンクの光景と重なった。愛はユーリがリンクに来たときのことを思い出した。彼が初めて、愛や華ちゃんたちの前で、このプログラムを滑ったときを——。

子供たちの「マラジェッツ」の大合唱に戸惑っていると、「『すごい。よくやった』って愛ちゃんを褒《ほ》めているのよ」とユキさんが教えてくれた。

「子供たちは愛ちゃんのことを同い年だと思っているから、その評価はあまりうれしくないかもしれないけど……」

「いえ、そんなことないです！」

日本にもっとうまい子はいる。けれど、認めてもらえたのはうれしい。愛は覚えたてのロシア語で「ありがとう《スパシーバ》」と答える。

ただ、リンク全体を見渡すと、微妙な空気が漂っていた。子供たちは喜んでいるが、大人たちは一様に難しい顔をしている。何か不手際《ふてぎわ》があったのだろうか。ユキさんの顔にも、戸惑いの色が浮かんでいた。が、ユキさんはすぐに笑顔をつくった。

「愛ちゃん、初めてのリンクなのに、気持ちよく滑ってたわね」

「あ……ありがとうございます」

「今のってユーリのプログラムでしょう？　びっくりしたわ」

ユキさんが言った。やはり、知っていたのだ。ユーリがノービス時代に練習していたプログラムだが、彼はこのプログラムをここで滑ったことがあったのだろうか。

「すみません、どうしてもこれが滑りたくて……。競技会では滑りませんから」

「そういう意味で言ったんじゃないの。まさか、今日もこのプログラムを見られるとは思わなかった。――あなたも滑るなんて……」

ユキさんは言いよどむ。頭の中で、適切な言葉をさがしているようだった。

（今日も――？　どういう意味だろう）

「愛ちゃんが知らないのも無理はないわ。このプログラムはね――」

ユキさんが何かを言いかけたとき、

「愛ちゃん、ユーリ・レオノフ！」

リンクサイドから山瀬さんの鋭い声がした。声のするほうをふりむくと、リンクの扉のところに長身の金髪男性がいた。上下ともに黒いジャージ姿。世界ジュニアで見た同じ髪型の――ユーリだった。視線に気づくと、彼はさっと踵《きびす》を返し、リンクの外に出た。

（ユーリが今の演技を見ていた……？）

「ユーリ……！　ユーリ・レオノフ、ちょっと待って！」

出て行ったユーリの後を、山瀬さんが追っていった。彼をひきとめるつもりなのだ。

（あのプログラムに反応したということは、やっぱり、ユーリ・レオノフは佐藤悠理。ユーリちゃんだ……）

愛の胸にこみあげるものがあった。今はレッスン中だから、レッスンに集中しないといけない。ユーリとはあとで必ず会える。そう自分に言い聞かせても、自然と動悸《どうき》は激しくなった。

（今の滑り、ユーリはどう思っただろう。ここにいるのが愛だと、気づいただろうか）

「ユーリが見てたのね。遠慮《えんりょ》せずに入ってくればいいのに……」

「あの、ユキさん、これ、六年前にユーリと初めて会ったときに、ユーリが日本のリンクで練習していたプログラムなんです。どうしても彼の前で滑りたくて……」

興奮して喋《しゃべ》り続ける愛に対して、ユキさんは沈黙した。

「あの……。何か……いけなかったでしょうか……」

「そうじゃないの。愛ちゃんの滑りを見て、ちょっと鳥肌が立ったわ。……すごいわね。音の取り方、腕の使い方、フリーレッグの高さも――ユーリとよく似ていたわ。完全に同じというわけじゃないけど……。でも、なんというのかしら……空気感？　そう、リズムと独特な透明感が似てるのよね。エレメンツはいくつか違ったけれど、今、愛ちゃんが滑った『ガブリエルのオーボエ』、マリーナ・ヴィシュニコヴァの振付のプログラムね」

「マリーナ・ヴィシュ……」

愛は舌をかんだ。ロシア人の名前は長すぎて、一度で覚えられない。だけど、その名前は聞いたことがあった。確か、愛が大泉スケートリンクで滑ったとき、小川《おがわ》先生がその名を口に出していなかっただろうか。

「有名なロシア系アメリカ人のバレリーナで振付師。今は再婚して、レオノヴァに改名したのかもしれないけど……ユーリのお母さんよ」

ユキさんの言葉に、愛は耳を疑った。

「……ユーリのお母さんが振り付けたんですか……？」

「……と聞いているわ。ユーリは春から夏にかけて、リハビリのときに過去のプログラムをいろいろ滑っていたの。このプログラムは幻のプログラムって聞いたわ。一度も競技会で滑っていないんですって。滑れなくなったって……。それで完成をあきらめたそうなの」

「滑れなくなったって……。どうして……？」

ユキさんは躊躇《ちゅうちょ》しつつも、愛に理由を教えてくれた。

それは、愛がまったく予期していなかった答えだった。


午後、愛と山瀬さんはメインリンクの二階に移動する。ガラス越しにリンクを一望できる個室があり、そこでの見学を許可された。整氷が終わった後、準備をすませたアイスショー出演者たちがバタバタとリンクに入ってきて、ショーの練習をはじめる。そこにユキさんもいる。

氷上の仮面舞踏会――マスカレード・オン・アイス。

本番用のリンクは、週末までコンサートやスポーツイベントで使用されているため、出演者たちはショーの前日までこのズヴョーズヌィのリンクを使って練習するらしい。

「プログラムの宣伝文句によると、このショーはロシアの皇帝の招待を受け、リンクに世界各国から集められた五輪金メダリスト、トップスケーターたちが集《つど》う仮面舞踏会だって」

オープニングの全体練習を見ながら、山瀬さんが愛に解説してくれる。

最初にリンクに登場したのは、皇帝と皇后《こうごう》に扮した、男女シングルの元五輪金メダリストだ。二人のもとに家来役に扮したスケーターがかけつけ、招待客の名簿を届ける。皇帝が名前を読み上げると、仮面をつけた男女のスケーターたちが順番に出てきて、皇帝と皇后に拝謁《はいえつ》する。

皆仮面をつけているので、その正体はわからない。中にはアイスダンス、ペアのスケーターもいるが、ショーではあくまで一人の招待客として参加している。

皇帝の合図で男性は女性を舞踏に誘い、総勢十八名の仮面舞踏会がはじまる。

「うわー、目が足りない……」

隣で山瀬さんは嘆《なげ》いていた。誰も彼も信じられないほどスケートがうまく、スタイルがいい。本番ではオープニングで全員がタキシードとドレスを着用するらしい。さぞかし壮観なことだろう。

「愛ちゃん、どう？　ショーのリハーサルにユーリ・レオノフ来てる？」

ぼんやりしている愛の脇を山瀬さんがつついた。

「あ……ええ、後ろから二番目の男性だと思います。金髪の……」

最初は男女二列。背の順で立っている。長身のユーリは出演者の中で二番目に背が高い。男性の中にほかに金髪はいないので、仮面をつけていても目立つ。

ショーの中で誰が誰を誘うかは定められておらず、公演のたびに新しいカップルができる。もちろん、途中で相手をかえることもある。

アイスダンスとペアのスケーターが組んだり、国籍の違うスケーター同士が組むなど、試合では見ることのできない、急造カップルの滑りを楽しむことできる。

トップスケーターたちばかりなので、誰と誰が組んでも、見ごたえがある。

仮面をつけていても、スケーティングのうまさが際立《きわだ》っているのがアイスダンスのスケーターたちだ。深くて速いエッジワークに見惚れてしまう。

その中にいても、ユーリは見劣りしない。滑らかなスケーティング、バレエに裏打ちされた技術力。それに女性のサポートがうまいので、女性と手をつないで滑っているとシングルスケーターに見えない。もっとも、元ペアスケーターだと思えば、腑《ふ》に落ちる。

「ユーリ・レオノフ、元気そうでよかったじゃない」と山瀬さんが愛に言った。

レオノフという名字はいまだにピンとこない。お母さんが再婚して、レオノフという名字に変わったということだが、彼は、愛にとってはまだ佐藤悠理だ。

「彼、ヴィシュニコヴァの息子なんだって？　お母さん同様、取材嫌いなんだね。さっきの逃げ足の速さったら……」

山瀬さんはユーリを追っていったが、途中で見失ったらしい。

「あの……山瀬さん、ユーリのお母さんのヴィシュニコヴァってすごい人なんですか？」

「私はバレエのことはよく知らないんだけど、振付師として業界で名のある人だよ。愛ちゃんが滑った『ガブリエルのオーボエ』を見たとき、どこかで見たような気がしたけど、なるほど――ヴィシュニコヴァの作品だと聞いて腑に落ちたよ」

山瀬さんはタブレットを起動させると、手早くネットを検索し、愛にいくつかの記事を見せてくれた。

「スケーターのプログラムの振付もしている人だよ。カナダの五輪メダリストがエキシビションでヴィシュニコヴァのプログラムを滑っていたし。アイスダンスのプログラムの『アダージオ』とか"Spring and Fall"とか……」

どれも聞いたことがなかった。

「愛ちゃんが知らないのも無理ないか。彼女は旧採点時代の振付師だから」

「旧採点？」

「そう。二〇〇四年以前の六・〇満点の時代。今みたいに各エレメンツに点数がついていなくて、同じ試合に出たほかの選手の演技との比較で、各選手の順位がつけられたの。S

Ｐの順位点とＦＳの順位点の合計で、総合順位を決める方式。二〇〇二年の五輪でジャッジの不正疑惑があって、その翌年から今の採点方式に変わったんだよ」

旧採点から現在の採点への移行期、コーチも選手も新しいルールを覚えるのが大変だったそうだ。

「ヴィシュニコヴァのプログラムは芸術作品だけど、難しいことをやっている割に、現在の採点方式では点が出ないから、競技会で使う人はいなくなったんだよ。おまけに彼女自身も数年前、身内に不幸があって、一線から退いたそうなんだよね。彼女にエキシビションナンバーの振付を希望するスケーターはいまだに多いそうだけど、以来、振付はしていないって」

その身内の不幸というのは――……。

「どうかした？」

「いえ、私、本当に何も知らなかったんだなって……」

先ほどのユキさんの言葉が愛の脳裏《のうり》に蘇《よみがえ》る。

ユキさんは愛の目をまっすぐ見つめて言った。

「ユーリが滑れなくなったのは――一緒に滑っていた妹さんが亡くなったから」

（え……）

「妹さんが亡くなった……？」

「そう、だから、ユーリはこのプログラムを完成できなくなったんですって」

「妹さんが亡くなったから、完成できなくなった？　それってどういう……」

愛ははっとする。ひょっとすると、妹と一緒に滑っていたというユーリの言葉を、愛は間違って解釈していたのではないだろうか。おそるおそる訊いてみる。

「ユキさん、ユーリって……ひょっとして、ペアスケーターだったんですか？」

「知らなかったの？」

ユキさんは意外そうな顔をした。

「ユーリは、このリンクに来るまでずっと妹さんとペアで滑っていたのよ」

ユーリはペアスケーターだったのだ。ということは、ユーリが完成を目指していたこの「ガブリエルのオーボエ」は――。ユキさんは愛にうなずいた。

「そう、もとはペア用のプログラムなんですって」


愛も、華ちゃんも、ユーリがペアスケーターという可能性を一度も考えたことがなかった。ペアもアイスダンスも、愛にとっては身近でなかったから、フィギュアスケートといえば、シングルしか思いつかなかった。

六年前のユーリとの会話の中に、多くのヒントが残されていたのに。

（妹は愛と同い年だけど、背は愛より高いかな。僕の後をついて、リンクでいつも僕の真《ま》

似《ね》をしてた。妹と一緒に滑るのは楽しかった。妹は今もトロントのリンクで練習していると思う。いつか愛と華にも紹介するよ）

そうだった。ユーリの日本語は拙《つたな》かったけれど、彼は確かに妹と一緒に滑っていたと言っていた。あれは、妹と同じリンクで練習していたという意味ではなく、妹とペアを組んでいたということだったのだ。

ユーリが練習していた「ガブリエルのオーボエ」。振付やエレメンツが決まっていない箇所《かしょ》があり、ユーリは毎回、アレンジして滑っていた。今にして思えば、その場所にツイスト、リフト等のペアのエレメンツが予定されていたのだろう。妹と完成を目指していた大事なプログラム。そのプログラムを愛が考えなしに滑ってしまった。ユーリは何も言わず立ち去ったけれど、どう思っただろう。

曲が変わり、氷上のステージに立っていた皇帝役、皇后《こうごう》役のスケーターがリンクに降り、舞踏に参加する。男女二組が皇帝と皇后の後を追い、ワルツのステップでリンクを一周する。

（ここで華ちゃんも滑る予定だったんだ……）

そう思うと、華ちゃんが断ったのが本当にもったいない気がする。

愛が練習している大泉スケートリンクはシングルスケーターだけで、アイスダンスもペアもない。全カテゴリーのトップスケーターが集まったこんな豪華なショーのリハーサル風景を見られる機会は、そうあることではない。

（せっかくロシアに来させてもらったんだから、しっかり目に焼きつけておかないと……。帰国したら華ちゃんに話さないといけないし）

舞踏のフォーメーションが変わり、男性たちだけの群舞、女性たちだけの群舞になり、ダンスのジャンルも変わる。トップスケーター揃《ぞろ》いの中、群舞の中心にいるのはユキさんだ。

アイスダンスの金メダリストの膝の上にのり、背中をそらしたリフト。それから、相手をかえてペアスピン。観客席に向かってお辞儀《じぎ》をするときも、凛《りん》とした威厳がある。まるで女王様のようで、ただのインストラクターには見えない。

（あの人、一体、何者なんだろう……）

「そうだ。愛ちゃん、ユキちゃんのレッスンはどうだった？」

思い出したように、山瀬さんに訊かれる。

「あ……っと、スパイラルのときの姿勢を注意されました。それから……ノービスっぽい演技だって言われました。あと……踊りは悪くないけど、ジャンプが回転不足気味だって」

「なるほど」と、山瀬さんはメモをとった。

「愛ちゃんがジュニアに上がって伸び悩んでいるのは、それも一つの原因かな」

オープニングの仮面舞踏会が終わった後、ロシアの若手スケーターたちの演技披露となる。

ノービスの選手の後、ジュニアのユーリが登場する。リハーサルだから、曲かけ練習の間も、スケーターたちはリンクに残って、滑っているスケーターの演技を見たり、自分の演技の練習をしている。

（ユーリ……）

ユーリは、練習でも世界ジュニアのときと同じく、髪をオールバックにしていた。そのほうが気が引き締まるのだろうか。

滑るのはSPの「ドン・キホーテ」。彼の生の演技を見るのは六年ぶりだ。

氷上に立ったときの、腰に手をあてるユーリの癖《くせ》。スタート位置に着く前に、少しだけ天井を仰《あお》ぐ癖。六年前と何ひとつ変わらない。昔の面影《おもかげ》を発見するたび、愛の胸が震えた。

「愛ちゃん、すごいね、彼、遠くから見ても、王子様タイプで優雅《ゆうが》で気品がある。シニアに上がれば、絶対に人気出るのに。引退はもったいないよ」

隣にいた山瀬さんは熱心にメモをとりはじめた。

「六年前のユーリは、可愛《かわい》かったんですよ。女の子みたいで、みんな、ユーリちゃんって呼んでたんです」

「ユーリちゃん？」

「ええ、ユーリがそう呼んでいいって……。妹にもそう呼ばれているって」

たかだか六年前のことなのに、遠い昔のことのように思えた。二度と会えないと思っていたユーリが目の前にいる。だけど、華奢《きゃしゃ》で可愛らしかった当時のユーリは、もういない。六年経って彼は成長し、男らしくなった。

愛はユーリとの再会を少しだけ不安に思っていた。六年前のユーリとの思い出——彼の輝くような滑りを、新しい記憶で上書きするのがこわかった。

成長すると、幼いころ夢中になって読んだ本がおもしろく感じられないことがある。その本に飽きたからではない。自分が成長し、価値観が変わってしまったからだ。

それと同じように、愛の心の中には、ユーリに会いたいと思う気持ちと同じくらい、ユーリと会うことを恐れる気持ちがあった。

でも、彼は愛の想像を超える素晴らしいスケーターになっていた。

怪我《けが》の後遺症など、微塵《みじん》も感じさせない。いつまでもずっと見ていたいと思わせる演技だ。彼にできないことはない。ただ、ひとつ、四回転ジャンプを残して——。

(これだけ滑れるのに、引退勧告を受けたなんて……)

ユーリの冒頭のソロジャンプは、大きな四回転——ではなく、三回転のトウループ。

本来なら四回転トウループを入れるところなのだろう。アイスショーだから難度を下げて三回転にしたのではなく、ドクターストップで四回転を回避したのだ。

悔しいだろうに——氷の上に立つ彼は、自分の素の感情を表に出すことがない。彼は氷上で「仮面」をつけている。

「なるほど、愛ちゃんが惚《ほ》れ込むのもわかる気がする。まだ十代なのに、ベテランのようにスケートがうまいし、ダンサータイプで、オーラがあるよね」

山瀬さんの絶賛がうれしかった。愛はユーリが氷上に描く軌跡を見つめた。愛が二階の観覧席にいることなどユーリは知らないだろう。こんなに近くにいるのに、ユーリが遠くに感じられる。

(自分はユーリのことを何も知らなかった……)

そのことが一番のショックだった。六年の空白は大きい。愛はユーリのことを忘れたことは一度もないけれど、ユーリは愛が思うほど、愛たちのことを友達だと思っていなかったのではないだろうか。世界選手権での再会を約束したけれど、それは単なるリップサービスだったのではないのだろうか。ユキさんが言っていた、ユーリが世界選手権で再会を約束したというのは——別の人だったのではないだろうか。愛の頭をさまざまな妄想がとりまいた。

ユーリがお辞儀をし、次のスケーターと交代した後、山瀬さんに背中をたたかれる。

「愛ちゃん、この練習が終わったら、スケーターたちを捕まえに行くよ。取材のアポイントメントをとらないと。ユーリ・レオノフにも声をかけるよ！」

「はい。あっ、どうしよう、山瀬さん。ユーリに日本からお土産《みやげ》を持ってきたのに、ホテルに忘れてきてしまって……」

「そんなの、滞在中にいつでも渡せるじゃない」

「でも……」

何か話す口実がほしかった。ただ、ユーリに会いに来た――だけでは、心もとなかった。

愛と山瀬さんは二階の観覧席から一階に降りる。リンクの扉の前で待っていれば、中から出てくるユーリと会えるはずだった。一人ずつ、出てくる選手に山瀬さんは声をかけている。

今日の調子を聞き、可能ならば、インタビューの許可をもらう。許可が下りれば日時を決める。傍にいる愛は英語ができないため、ＩＣレコーダーを向ける以外、何の役にも立てない。

ユーリを待っている間、緊張で心臓がおかしくなりそうだった。何人かが出てきた後、長身の金髪がぬっと現れた。ユーリだ。近くで見ると、思った以上に背が高い。

「ほら、行って！」

山瀬さんが背中を押したため、愛はよろよろとユーリの前に飛び出した。

“Are you OK?”

ユーリが手をさしのべてくれる。大きな手だ。彼の声は――すっかり声変わりして、大人の男性の声になっていた。

「あの……私……」

顔をあげると、そこにユーリのきれいな顔があった。整った、やさしげな顔。その顔を見ると、胸がいっぱいになる。六年前少しだけ背が高かったユーリは、今では見上げるほど背が伸びた。もう、ユーリちゃんなんて呼べない。

（ユーリ、私、愛。覚えてる？）

（さっき、「ガブリエルのオーボエ」で滑っていたのは私――）

（ユーリのお母さんが振り付けた、妹さんと練習していた大切なプログラムであることを知らずに、滑ってしまってごめんなさい）

（ユーリに会いたくて、日本から来たの）

たったそれだけのことなのに、用意した台詞《せりふ》は頭の中をぐるぐる回り、声にならない。

ユーリは怪訝《けげん》そうな目をしていた。先ほど、リンクで滑る愛の姿を見たはずなのに、彼は目の前にいる女の子が誰かわからないようだった。それとも――彼は、愛のことも、日本語も、忘れてしまったのだろうか。

「ユーリ、あの……私……」

「ごめんなさい。取材はお断りよ！」

さっと愛の前に立ちふさがる人がいた。オレンジがかった金髪の、気の強そうな白人女性。腕組みしたまま、青く大きな目で、上から見下ろされる。

「あの……」

「日本からのジャーナリストだそうね。取材があるのは主催者から聞いているわ。でも、今日はだめ。私たち、これから大事な用があるの。邪魔しないでくれる?」

早口の英語だから、この女性が何を言っているのかわからない。でも、口調に少しだけ棘《とげ》を感じた。

「ねえ、聞いているの?」

その迫力に、愛の口から思わず「……だ……誰……?」という英語のフレーズが飛び出した。

「はあ? あなたジャーナリストなのに、私の名前を知らないの?」

女性はいきりたった。

「え……あの……」

「もちろん、知っていますよ。カテリーナ・アシュビーでしょ?」

目を白黒させる愛の前に、山瀬さんが飛んできた。その名前に聞き覚えがあった。ショーの出演者リストに急遽《きゅうきょ》つけたされた、カナダ選手の名前だ。顔と名前を一致させておくように言われたのに、とっさに出てこなかった。

わかればいいのよ、という顔でカテリーナはうなずいた。

「じゃあ、行きましょう」

カテリーナという女性はユーリに腕を絡ませると、練習着のまま建物の外に行った。

「ユ……ユーリ！」

名前を呼んだけれど、ユーリがこちらを振りかえることはなかった。

日本から追いかけてきたジャーナリストか、ファンだと思われたのだろうか。

ショックだった。ここに来るまでにいろんな妄想をしたけれど、こんなシチュエーションは想定してなかった。ユーリが愛のことを完全に認識しないなんて――。それとも、愛は先ほどの滑りでユーリをひどく怒らせてしまったのだろうか。


「……あれ？　愛ちゃん、さっきの練習にアンジェリカいたっけ？」

山瀬さんのペンが手帳の上で止まる。

夕方の練習までの間、山瀬さんと愛はリンク内のカフェで遅い昼食をとる。

料理を注文した後、山瀬さんは先ほど取材のアポイントメントをとったスケーターの整理をした。ゲストスケーターの中には、事前練習には参加せず、ショーの当日のみ参加という人もいるらしかった。

「えっと……。いなかった……んじゃないですか？」

テーブルに運ばれた料理の皿から顔をあげ、愛は答える。

「おかしいなあ。ここはアンジェリカのホームリンクなんだけど。前日のリハは参加するのかな」

山瀬さんは首を傾《かし》げながら、手帳を閉じた。

「ところで、愛ちゃん。ユーリ・レオノフって、イケメンだけど、とっつきにくい感じだね」

「そんなことないです。日本にいたときは――」

言いかけて、愛は口ごもる。六年前のユーリは、皆にやさしくて親切だったけれど――それは六年前の話だ。彼は変わってしまったのだろうか。

「まあ、ユキちゃんの話だと、このリンクをやめたのに、アイスショーの練習でいまだに出入りしているから、元リンクメイトたちの手前、気まずいんじゃないかってことだったけど」

「そうなんでしょうか」

「彼にインタビューしてみたかったんだけど、アイスショーの出演者たちの通訳兼案内役で忙しいみたいだよね」

愛は大きなスプーンでボルシチをすする。ロシアに来たからということで注文してみた。見た目とずいぶん違う味だった。独特な赤いスープは、トマトではなく、ビーツの色だという。スメタナというサワークリームを入れると、ピンク色になる。どぎつい色と対照的に、味はやさしい。中に入った野菜と牛肉は、舌先でほろほろととろけるようで、疲れた体にしみわたる。ユーリとの再会で緊張していたからか、一日の練習を終えた後のようにくたくただ。

ぼうっとしていると、先ほどの光景が思い出される。ユーリと愛の前に立ちはだかるカテリーナ・アシュビー。ユーリを愛から遠ざけ、ぐいぐいと外に引っ張っていったカテリーナの姿。彼女から敵意を感じたのは——気のせいだろうか。彼女が何か不機嫌そうに見えたのは、愛が失礼なことを言ったから？　それとも、単にジャーナリストを警戒していたからだろうか。

「ところで愛ちゃん、カテリーナ・アシュビー。本当に見たことない？　日本のアイスショーにも来たことあるんだけど」

山瀬さんは、周りのロシア人がやっているように、右手にスプーン、左手にスライスした黒パンを持ち、黒パンをかじりながら、スープをすった。それがロシア風のスープの食べ方のようだった。

「すみません、シングルしか知らなくて……。アイスダンスの選手ですか？」

スケーターはスケートのことしか知らないと言われるけれど、愛はペアのことも、アイスダンスのことも知らなかった。今は華ちゃんの気持ちがわかる。自分の無知が恥ずかしい。皆、一体どうやっていろんな知識を蓄《たくわ》えているのだろう。

「二十一歳のカナダのペアチャンピオンだよ。まあ、ペアは日本で放映されることは少ないからね。彼女、昨シーズンの世界選手権の銅メダリストだよ」

「そう……なんですか」

愛は恐縮する。山瀬さんが愛の不手際《ふてぎわ》を叱責《しっせき》しないのが余計につらかった。愛の失言のせいで、山瀬さんの立場を悪くしてしまったのではないだろうか。

「カテリーナはトロント出身だから、ユーリの元リンクメイトなんじゃないかな。ユーリが元ペアなら、同じリンクで練習していた可能性もあるし。あ、念のため言っておくけど、二人は恋人ではないからね」

「山瀬さん！　そんなんじゃありません。私、別にユーリに彼女がいたって全然……」

むきになって反論する愛に、山瀬さんはおかしそうに笑った。

「違う違う。取材の下準備で説明しているの。今後のためにね」

「あ、すみません」

愛の頰《ほお》が赤くなる。

「カテリーナは既婚者だよ。それも新婚で、世界選手権で銅メダルをとった直後、七歳年上のパートナー、ジョン・アシュビーと結婚したんだよ。今季、試合に出るのか、休養するのか不明だけど、アイスショーには出ているみたいだね」

「カテリーナのパートナーはペテルブルグに来ていないんですか?」

愛は先ほどのショーの練習風景を思い出す。カテリーナは終始、ユーリと組んで滑っていた。

「ジョンは六月のショーで腰を痛めたそうだから、カテリーナ一人だけオファーを受けたのかも」

「そう……なんですね」

気にしているつもりはなかったが、愛の脳裏《のうり》にさっきのカテリーナの台詞《せりふ》がふっと蘇《よみがえ》る。

カテリーナはユーリと大事な用があるというようなことを言っていた。一体、何の用だったのだろう。

「愛ちゃん、あの二人が気になる?」

山瀬さんは愛のスープ皿を見つめた。愛が考えごとをしている間に、山瀬さんはとっくに食べ終わり、食後のコーヒーを飲んでいた。

「いえ。あの……」

「ああ、急がなくていいよ。そういうつもりで言ったんじゃないから」

「……ただ、少し気になったんです……」

「何が?」

「カテリーナが元リンクメイトだとしても——なぜ、あんなにユーリをガードしたんだろうと思ったんです。ちょっと過保護じゃないですか？　取材を断るにしても、ユーリが自分で断ればいいのに、なぜ彼女が前に出てきたんでしょう。カテリーナがユーリの彼女なら、カテリーナのとった行動にも納得がいくんですけど。既婚者だそうじゃないですか。さっきの彼女の態度って、まるで誰もユーリに近づけたくないような感じじゃなかったですか？」

そうだ。愛はオープニングの練習を思い出す。舞踏会の場面で、ほかのスケーターたちは自由に相手を変えていたが、カテリーナはずっとユーリを独占していた。

そのことを言いかけて、愛は口ごもる。こんなことを話すと、愛はずっとユーリしか見ていなかったと山瀬さんに誤解される可能性がある。

「すみません、考えすぎかもしれませんね」

笑いとばされるかと思ったら、山瀬さんも何やら考え込んだ。

「そうだよね。カテリーナって、ほかに知り合いがいないから、元リンクメイトのユーリ・レオノフとくっついていた……っていうタイプでもないしね」

「そうなんですか？」

「そういえば、カテリーナ、ユーリ・レオノフと大事な用があるって言っていたんだよね。……うーん、確かに、彼女の動きは気になるね」

山瀬さんはコーヒーをすすった。

ロシア滞在三日目。

愛は雑誌のフィギュアスケートレッスン企画の一環で、ロシアのバレエレッスンを受けることになった。

「私は自分のレッスンがあるから、あとで見にくるわね。バレエの先生に話は通してあるから」

そう言って、ユキさんは子供たちのいるリンクに行った。

バレエの先生はペテルブルグの一流バレエ団の講師で、このリンクのスケーターは週に二度、その先生から直接バレエレッスンを受けることができるという。

(これって、ものすごい貴重な体験なのかも……)

リンク内のトレーニングルームに、ノービスからジュニアまでのスケーターが集められ、先生が来るまで床でストレッチをしている。愛が通っていた日本のバレエ教室は、女子が大半だったが、ここでは男女の割合がほとんど同じ。若干《じゃっかん》、女の子のほうが多いだろうか。

女の子たちは、どの子もバレリーナのようなお団子頭でレオタードを着ている。愛が場違いに思えるくらい、皆手足が異様に長い。それと独特のエリート意識があり、愛を不躾《ぶしつけ》な視線で眺めてくる。お稽古《けいこ》ごとの一環でスケートをやっている人はここにはいない。誰もが頂点を目指してやっている。

「愛ちゃん……、この子たち、皆すごくうまそうなんだけど、この中でやっていける？」

カメラを持つ、山瀬さんは愛より緊張している。

「大丈夫だと思います。ゲストですし。落ちこぼれなのは、日本のリンクで慣れてますから」

カメラに向かって、愛は笑顔をつくった。

一晩寝て、今日は気持ちを立て直すことができた。

望んでいた結果ではないけれど、ユーリに会うという目的はとりあえず果たした。ペテルブルグ滞在はまだ四日ある。この間にお土産《みやげ》を渡して、話す機会は必ずあるはずだ。今はこれ以上、山瀬さんに迷惑をかけないように、山瀬さんがいい記事を書くためのお手伝いをしないといけない。

この日の午前中のスケーターインタビューはうまくいった。山瀬さんは愛を上手に使い、日本のトップスケーターの卵からの悩み相談という趣旨《しゅし》で、多くのスケーターに専門的な質問をした。皆、親身になって助言してくれ、実のある話を聞きだすことができた。

ユーリとカテリーナ・アシュビーとは、ユキさんを通じて、ショーが終わった後にインタビューをするという約束をとりつけたらしい。

が、今回の取材の目玉の一人である、アンジェリカにまだ一度も会えていなかった。インタビュー嫌いで有名な彼女は、取材となると、すぐに姿を消してしまうのだそうだ。

試合のときに彼女が決まって答えるのは、「お母さんの手料理が食べたいです」だ。彼女からこれ以外の言葉を引き出すのが、山瀬さんのロシア行きの目的の一つだった。

愛は女の子たちに交じって、バレエシューズを履《は》き、入念にストレッチをする。この中で一番下手《へた》だとわかっているのは、心理的に楽だった。

(バレエのレッスンは久しぶり……)

六歳からずっと地元の教室で習っている。フィギュアスケートに専念しようと、レッスン回数は週一に減らしたけれど、家でも毎日バーでストレッチをやっている。

先生が来る時間になると、皆、立ち上がり、バーについた。それぞれ、自分の場所が決まっているようだった。

(どこのバーについてもいいと言われたけれど、どこがいいんだろう)

愛はあたりを見回した。ひとつだけ、空いている場所があった。

愛とかわらない身長の金髪の女の子がそのバーを使って、ストレッチをしていた。細いのに、しなやかな筋肉がついている。ストレッチをする動きを見ていてわかった。この子は、この中で群を抜いてうまい。

愛はその子の後ろについた。レッスンのときは、できる子の後ろについていたほうがい い。やみくもに体を動かすより、誰かの真似《まね》をしたほうが上達がはやい。華ちゃんがいなければ、華ちゃんにかわるうまい子について真似る。次女として生まれた愛が身につけた処世術だった。

バーの背後の鏡を見たときに驚いた。愛の前にいたその金髪の子はなんと――アンジェリカだった。

自分の目が信じられなくて、愛は、鏡に映る彼女の横顔を二度見した。世界ジュニアのときは妖精のようにきれいで、はじけるようなオーラを放っていたアンジェリカは、オフリンクでは普通の女の子だった。顔のつくりはきれいなのだが、全体的な印象はどこかぼんやりしている。初めて見る人は、これが世界ジュニア金メダリストのアンジェリカだと気づかない可能性が高い。スターのオーラが完全に消えている。山瀬さんが捜しだせないはずだ。

（だから、ショーのリハーサルのときも存在に気づかなかったのか……）

アンジェリカと目があったとき、

「ズ……ズドラーストヴィーチェ」

愛は覚えたばかりのロシア語の「こんにちは」で挨拶《あいさつ》したが、発音が悪いのか、彼女はきょとんとした目で愛を見た。しばらく愛を見つめたあと、「あなたユーリの……」と何かを言いかけたが、やめ、ストレッチに戻った。

（今、ユーリ……という名前を言ったようだけど……）

「あの……」

　愛は勇気を出して、ストレッチ中のアンジェリカに話しかけてみる。

「あなた、ユーリ、知ってる？」

　英語の勉強を疎《おろそ》かにしたツケがここで回ってくるとは思わなかった。愛の口からは初歩的な英会話しか出てこない。

「もちろん、知ってる。元リンクメイトだから」

　対して、アンジェリカの英語は発音もよく、なめらかだ。

「えーと……ユーリはどこ？」

「ユーリは……バレエレッスンには来ないわ。このレッスンはこのズヴョーズヌィ・リンクのスケーター用のレッスンだから。夕方からのマスカレード・オン・アイスの練習には来ると思うけど」

　ああ、そうか。ミハイロフコーチとの契約を解消したユーリがこのリンクに来ているのは、アイスショーの練習のためだった。

　山瀬さんは愛をだしに、撮影に励《はげ》んでいた。ファインダーがとらえているのは、きっとアンジェリカに違いない。

ほかに、アンジェリカに訊きたいことがあったが、ちょうど時間となった。

若い頃は相当の美貌《びぼう》であったに違いないと思わせる先生がトレーニングルームに入ってきて、レッスンがはじまる。

バーレッスンの内容は日本と同じだ。ただ、皆、信じられないくらい足が上がる。

日本で習っている教室のレッスンだと、このへんで足をとめてもいいというところなのに、女の子たちは簡単に限界をこえる。ポジションをキープするだけで、腹筋が苦しくて、笑顔が作れなくなる。関節が固いだけで、このレッスンからはじかれてしまうのだろう。

バーレッスンが終わると、センターに出て、パ（ステップ）を組み合わせた、アンシェヌマンの練習になる。

「アラベスク、パンシェ、エシャペ、ソテ」

三人ずつのグループにわかれ、先生のお手本のとおりに順番に踊る。

「シャッセ、ピルエット！」

バレエ用語のフランス語は同じ。だけど、その途中で挟む指示がロシア語。何を言っているのかわからない。とりあえず、斜め前に立っているアンジェリカの真似をするしかない。

バレエの先生はフィギュアスケートのための魅《み》せ方を説明した。言葉は理解できなくとも、ロシア人のジェスチャーは大きいから、慣れてくると、だいたいの意味はわかった。

　バレエは正面を意識する。フィギュアスケートも基本はそうだ。ジャッジが座っているところが正面となる。が、フィギュアスケートはバレエの劇場と違って、三六〇度にわたり、全方向からお客さんが見る。どこから見られているかわからないから。背後の動きも気をぬけない。

　上半身をひきあげ、どこから見ても美しく見えるように踊らなければならない。

　レッスンの途中で、ユキさんがトレーニングルームに入ってきて、山瀬さんの隣に立った。

　二人でひそひそ話をしていたが、内容は愛には聞こえなかった。

「どうですか、愛ちゃん」とユキさんが耳打ちする。

「どうだろう。この中で一番下手なのは間違いないけど、何とかついていっているよ。愛ちゃんって、普段、華ちゃんのかげに隠れてぼーっとしているようで、意外と度胸あるんだよね」

「度胸？」

「普通の日本人だったら、こういうところに放り込まれたら、緊張したり、気後れしたりするかもしれないけど、開き直ってのびのびやっているというか」

「なるほど」

「それにラッキーなことに、たまたま、ついたバーのところにいたのが、なんとアンジェリカだったの。素人目《しろうとめ》にもわかるけど、ここで一番うまい子ってアンジェリカだよね」

しばらくレッスンの様子を眺めていたユキさんはポツリと言った。

「愛ちゃんって……すごく勘がいい」

「勘がいい？」

「だいたい日本から来た人は戸惑うんですよ。ここのバレエレッスンは、ロシア語まじりのフランス語だし。それにロシアのバレエは日本で習うバレエと違うから……」

「違う？」

「メソッドが違うんです。日本で一般的に習うバレエは、どんな肉体の子でもできるバレエなんですが、ロシアのバレエは、開脚でも可動域が広くて、肉体を限界まで使うんです。つまり、その動きができない子は、最初から排除されるんです。それに、メソッドによってパの名前が違うんです。でも、愛ちゃんは戸惑うことなく、ついていっている……」

「アンジェリカの真似をしているから……じゃないの？」

「そうですね。それもあると思います。頭で考えるより、一番うまい子の真似をしたほうがはやい。でも、真似をしているとしても、あのアンジェリカの真似ができるってすごいことですよ。昨日もユーリのプログラムを滑っているところを見せてもらいましたけど。あれ、六年前にユーリが滑ったのを見ただけだそうじゃないですか。そのプログラムを細部まで覚えているのもすごいですけど、当時、カナダのバレエ学校でエリートだったユーリの踊りを真似できたというのも、実はすごいことなんですよ」

「真似って、悪いことじゃないの？」

「むしろいいことですよ。何事も、模倣《もほう》から入りますからね。バレエやスケートもそうです。模倣を繰り返しているうちに、自分の味や個性が出てくるんです。彼女の観察眼はちょっと並外れてますね。見たものをそのまま自分に応用できている……。ただ、愛ちゃんは……頭ではかなりいいところまでわかっているのに、まだ体がついていっていない感じですね。体の動かし方や効果的な魅せ方を教えることのできる指導者が必要です」

「じゃあ、愛ちゃんってスケーターの才能があるってこと？　いい指導者につけば……」

「わかりません。人の模倣ができる——すなわち、良いスケーターとは限りませんし、試合に勝てるものでもありません。インストラクターとして一般的なことを言わせてもらうと、今のままでは愛ちゃんが世界に出るのは厳しいかもしれないですね。技術的に足りないことが多すぎます。ユーリの真似をして滑るときは、見事なエッジワークなのに、普通に滑るときはノービスの滑りなんです」

「なるほど……」

「でも、すごく面白い素材ですね」

ユキさんはほくそ笑んだ。

あとになって山瀬さんは教えてくれた。このとき、ユキさんはあることを確信していた。

将来、愛の運命を変えることになる、ある可能性を――。

バレエレッスンは、ゲストだったせいか、特に注意されることもなかったが、特に褒《ほ》められることもなかった。

最後は先生にお辞儀《じぎ》をし、皆にお辞儀をして、レッスンを終える。

（そうだ。山瀬さんの取材のお手伝いで、アンジェリカをつかまえないと……）

話しかけようした愛は、逆に「マラジェッツ」とアンジェリカに声をかけられた。

「えらいわ。あなた、小さい《マーレンカヤ》のによくがんばったわね」

アンジェリカは、はにかむように笑った。小さいというロシア語の単語は愛にもわかる。ロシアに来て、いろんな人にそう言われたからだ。アンジェリカは十四歳。愛は十六歳。愛のほうが二歳年上なのに、この小さくて華奢《きやしゃ》な女の子にも、年下に見られてしまったらしい。

アンジェリカは「食べる？」と言って、持っていたキャンディを一つくれた。彼女がそれをほおばったので、愛もまねた。砂糖の塊《かたまり》のような甘さだったが、この味がこの国の標準のようだった。

「あなた、ユーリの妹に似てるわ。アジア人だからかしら」

（ユーリの妹に似ている？）

　さっき彼女が言いかけたのはそのことだったのだろうか。あなたはユーリの妹に会ったことがあるのですか――と訊きたいのに、頭の中の英単語がうまくつながらない。

「私、アンジェリカ。あなたは？」

「愛」

「アイ、ね」

　名前を聞いて、アンジェリカは少し不思議そうな顔をした。愛は英語の音だと「私」という意味になる。そして、ロシア語だと「アイ」はびっくりしたときに使う音らしい。

「アイって日本語でどういう意味なの？」

「えーと、ＬＯＶＥ……」

　そう答えると、アンジェリカは目を見開いた。

「リュボーフィ……。リューバなの？」

（え……？）

　その名前をどこかで聞いたことがあった。リューバ――というのは、ユーリの妹の名前ではなかっただろうか。

「アイ、あなた、ユーリが話していた、日本のリューバね」

　アンジェリカは嬉しそうに、愛の手を握った。Любовь《リュボーフィ》という名前は、ロシア語で愛という意味で、Любa《リューバ》はその愛称形だという。

「アイ、『ガブリエルのオーボエ』。あなた、昨日、滑ったでしょう?」

「あ、はい……」

愛は頷《うなず》いた。愛の演技をアンジェリカも観ていたらしいのだが、まったく気づかなかった。

「ユーリから聞いたわ、日本にもリューバみたいに滑れる子がいたって」

(ユーリが私のことをアンジェリカに話していた?)

「あ……あの……」

「ねえ、どうして世界ジュニアに出てこなかったの? どこのリンクで練習しているの? 先生は誰?」

アンジェリカの話は次々とテーマが変わるので、愛が口を挟む隙《すき》がない。英語ができないのがもどかしい。

「ご、ごめんなさい……。もう少し、ゆっくり……」

アンジェリカは愛より年下なのになぜ、こんなに英語が話せるのだろう。

「アイ、あなた、ユキの生徒なの?」

「生徒……というか……」

雑誌のスケートレッスンの企画で、一時的にユキさんに見てもらっているだけ——だと言いたいのに、うまく説明できない。しばし考えて、「はい、そうです」と肯定するしかなかった。

(短期間とはいえ、ユキさんに教わっているんだから、ユキさんの生徒というので間違いはないよね……)

「やっぱりそうなのね!」

アンジェリカはパッと顔を輝かせた。

「だから『ガブリエルのオーボエ』を練習していたのね」

「え、ちょっと待って……」

「アイ、あなたに見せたいものがあるの。一時間後、視聴覚室《オーディオ・ルーム》に来られない?」

「視聴覚室……?」

「そう、あなたは絶対に見るべきだわ」

積極的なアンジェリカに愛は狼狽《ろうばい》する。アンジェリカの言っていることは、半分ほどしかわからない。何か見せたいと言っているようなのだけれど――。

そのときだった。

「お話し中、ごめんね」

ICレコーダーを持った山瀬さんが二人の間に入ってきた。

「アンジェリカ、今、いい? 二、三質問したいんだけど」

取材のチャンスだと思ったのだろう。肝心《かんじん》な話が遮《さえぎ》られてしまう。でも、仕方がない。山瀬さんの仕事ぶりを見ていてわかった。取材時の山瀬さんはスケーターに気をつかいすぎるほど、気をつかっているけれど、空気を読みすぎると、ジャーナリストはできない。

アンジェリカはタオルとポアントを摑《つか》むと、にっこり笑って、山瀬さんの傍をすり抜けた。すれ違い際、アンジェリカは愛の耳元で囁《ささや》いた。

「階段をのぼった突き当たりよ。一人で来て。じゃあ、あとで！」

止める暇もなかった。

「あー、逃げられた……」

山瀬さんは残念そうに呟《つぶや》き、愛に向きなおった。

「ごめん、楽しそうに話していたときに割りこんじゃって。なごやかな雰囲気《ふんいき》だったから、つい、チャンスだと思って……」

「いえ……」

「かなり話し込んでいたけど、アンジェリカと友達になった？　世界ジュニア二位の白井華の妹だって名乗った？」

「いえ、そこまでは……」

愛は言葉を濁《にご》した。山瀬さんに隠し事をするのは気がひけたけれど、アンジェリカとの約束のことは山瀬さんに話さなかった。

（二階の突き当たり……）

山瀬さんが隣接する一般リンクの見学に行っている間、愛は視聴覚室《オーディオ・ルーム》に行った。

山瀬さんは愛がユーリに会うつもりなのだと思ったようだ。事実、愛はユーリへのお土産《みやげ》をずっと持ち歩いていた。

（そうだ。あとで、ユーリに会ってお土産を渡さないと。華ちゃんに報告しないといけないし……）

視聴覚室には、アンジェリカが先に来ていた。愛が一人で来たことがわかると、ほっとしたようだった。

「ここのDVDは持ち出し厳禁で部外者は入れないの。アイは特別。日本のリューバだから」

アンジェリカはDVDやビデオがぎっしり詰まった棚《たな》から、DVDを一枚抜き取ると、愛にモニター画面の前のソファに座るようにすすめた。

「私のドキュメンタリー番組をつくるとかで、テレビ局から動画を貸してほしいという要請があったの。それで過去の動画を観ていたときに、偶然、この動画を発見したの」

それはこのリンクのスケーターの毎年の合宿を記録したDVDだった。

「『ガブリエルのオーボエ』のオリジナルが記録されているわ」

（「ガブリエルのオーボエ」のオリジナル……）

その言葉に愛はぞくりとする。

「ペア用のプログラム？」

「そう。ヴィシュニコヴァが振り付けた、ペア用の『ガブリエルのオーボエ』」

ＤＶＤプレーヤーを起動させると、アンジェリカは愛の隣に座った。

モニター画面に、見たことのない、外国のリンクの映像が浮かび上がる。

「モスクワのリンクよ」とアンジェリカが愛に説明する。

「四年前、ミハイロフコーチのグループの皆でモスクワのサマーキャンプに行ったんだけど、そこにヴィシュニコヴァが来て、バレエレッスンをしてくれたの。ミハイロフコーチとヴィシュニコヴァは親交が深いんですって。そこで、私は初めてヴィシュニコヴァの子供たち――ユーリとリューバに会ったの」

映像は素人《しろうと》が撮影したもので、手ぶれがひどく、編集もされていない。だが、だからこそ、臨場感がある。

「年頃も同じくらいだったし、二人ともロシア語が話せたから私たちは意気投合したの。ユーリもリューバもまだ公式試合には出てきていなかったけど、ヴィシュニコヴァの子供ということで、ロシアのスケート関係者たちの間では有名だった」

アンジェリカは説明しながら、動画を先にスキップさせる。

「この辺だったわ」と言って、再生した瞬間、モニターにユーリの顔が出た。

荒川リンクで滑っていたときのユーリとほとんど変わらない、アッシュブロンドで女の子のような顔。そして、そのユーリと手をつないで踊っている、同じくアッシュブロンドの少女。ユーリの妹のリューバだ。練習着姿の二人は、陸上で振付を確認しながら、リフトの練習をしている。

「やだ、撮影しているの？」

リューバは、照れくさそうにカメラから顔をそらした。笑ったときに、くしゃっと崩れる表情がユーリと似ていた。

「この子がユーリの妹のリューバ。カナダの寄宿制のバレエ学校の生徒で、バレエと並行してフィギュアスケートをやっていたの。私の初めての外国の友達」

アンジェリカはなつかしそうに目を細めた。

ユーリは愛が妹に似ていると言ったけれど、外見はまったく似ていなかった。リューバはスラブ系のアンジェリカとはまた違う。東洋人にも見えるし、白人にも見える。オリエンタルな容姿だった。クラシックバレエを長年やっていただけあって、動きに品がある。

「撮影者はうちのリンクの関係者なんだけど、カナダのジュニア選手の練習なんて撮影するつもりなかったらしいのに、二人の演技に引き込まれてしまったっていうの」

映像が切り替わり、リンクでの練習風景になる。流れている音楽は「ガブリエルのオーボエ」。曲かけ練習が行われているのだ。

愛の目は自然と、二人の演技に吸い寄せられた。

それは奇跡のような滑りだった。

バレエのパ・ド・ドゥのような踊りからはじまる。

フィギュアスケートは氷上のバレエと言われているけれど、厳密には違う。フィギュアスケートはバレエに限らず、いろんなジャンルの曲で滑るからだ。でも、ユーリとリューバの滑りは、まさに氷上のバレエだった。

まだ十代前半の少年と少女。二人が一つとなり、音楽と一体となった演技。リフト、ツイストは入れず、ただ通して滑っただけ。それなのに引き込まれる。

複雑な踊りの中に、ふっと三回転ルッツが入る。アプローチから着氷まで完璧《かんぺき》なユニゾン。

難しいことをさらりとやってのけ、淡々と積み重ねていく。

「あ……これ……」

ユーリが妹を遠くに投げ上げる。妹は、空中で二回転し、着氷する。

(以前、ユーリにやってもらったことがある……)

そう、ユーリが教えてくれたトレーニング。ユーリが愛のジャンプを補助し、高く、遠くに投げてくれた。

（これ、ペアの技だったんだ……）

ユーリがソロで滑っているのを見ても印象的だったが、二人だとより芸術性が増す。

とりわけ、合わせ鏡のような、サーペンタインステップは圧巻だった。

いつまでも、何度でも見たいと思わせるプログラムだ。いや、見たいだけではない。自分が――このプログラムを滑りたくなる。事実、二人の滑りを見ている間も、愛の上半身は自然と動いた。その様子を見て、アンジェリカは微笑《ほほえ》んだ。

「そうなの。このプログラムを見た人は、誰もが一度は自分がこのプログラムで滑ってみたいと思うのよ。だって、これ、ヴィシュニコヴァの傑作《けっさく》だもの。歴史に残るプログラムになるわ」

アンジェリカはヴィシュニコヴァのプログラムの特徴を語った。通常、振付師に振り付けてもらった作品は、エレメンツを入れた後、微調整を重ねていく。ステップのレベルをとるために、上半身の振付を減らしたり、ジャンプを確実に決めるためにつなぎを減らすこともある。当初の振付との変更点が出たり、まったく違うものに仕上がることも少なくない。だが、ヴィシュニコヴァは自分の振付の変更を許可しなかった。

「それがヴィシュニコヴァの振付作品が難しいと言われるゆえん。競技会で点が出にくいのも無理ないわ。滑ろうと思っても、滑りこなせる人は少ないの。でも、完成したら、どれだけ素晴らしい作品になるか——」

しかし、このプログラムは完成することはなかった。この動画を撮った翌年、ユーリの妹が亡くなったからだ。

「リューバが亡くなった後、ユーリはしばらく滑れなくなったそうなの。ほかにもゴタゴタが続いて精神的に大変だったって聞いたわ」

アンジェリカはユーリの家庭事情を話した。ユーリの両親が離婚し、ユーリは母親にひきとられたこと。その母親はロシア人の劇場関係者と再婚したこと。

「その後、ユーリのお母さんがロシアのバレエ団に呼ばれたことがきっかけで、ユーリもロシアに移住して、シングルスケーターに転向したの。彼は四回転ジャンプを入れられるようになっていたし……。同じミハイロフコーチについたから、お互いリンクで励《はげ》ましながら練習したの。ユーリは、いつか必ず、『ガブリエルのオーボエ』を完成させたいって言っていたわ」

「それって……ユーリがペアに戻るってこと……?」

「ペアに戻るつもりはないか、皆がユーリに訊いていたわ。でも、ユーリは『リューバ以外の人とはペアを組まない』って言ったの。きっと、リューバとの思い出があるから、ペアはつらいんだと皆は思った」

「そう……」

「でも……今日、アイの名前を聞いたときにピンときたの。ユーリは……実は、ペアに戻ることを考えていたんじゃないかって」

「え……」

「だって、あなたもリューバなんだもの！」

「私……？」

愛は目を瞠《みは》る。

「そうよ。ユーリがアイを呼び寄せたんじゃないの？　ユキのところでトレーニングするんでしょう？　ユキなら、いいコーチになれるわ」

「ちょっと待って……。待って、アンジェリカ」

なおも喋《しゃべ》り続けようとするアンジェリカに愛は両手をあげ、ストップのジェスチャーをする。

「あのね、アンジェリカ。私、シングルスケーター。ペアのトレーニングしたことない。それに……ユーリやリューバほどの才能もない。一度も国際試合に出たことない。ユーリは私を呼んでいない。私はユーリと一緒に滑れない」

愛の拙《つたな》い英語を注意深く聞いていたアンジェリカは目を見開いた。

「アイは……ペアのスケーターじゃないの？　シングルスケーター？」

「はい……」

「『ガブリエルのオーボエ』を滑っていたのに？　ユーリと同じ動きで……」

「はい……」

愛がそう答えると、アンジェリカは心底がっかりした様子だった。

「ごめんなさい。じゃあ、私の早とちりだったのね。アイは背が低いからペアスケーターかと思っていたんだけど……」

「背が低い……」

「ああ、悪くとらないで。そういう意味じゃないの。ロシアでは背が低い女子は、ペアに回されることが多いの。私にペアの才能はないし、両親共に背が高いから、そのうち伸びるとみなされて、シングルやっているけれど……。私がペアスケーターなら、絶対に『ガブリエルのオーボエ』を完成させたかった」

「アンジェリカ……」

「アイ、あなた本当にペアじゃないの？」

アンジェリカはしょんぼりした様子で念を押した。

「ペア、やってみない？」

「そんな……。うちのリンクにペアを教えてくれる先生はいないし、私はシングルで全日本に行きたい……」

「残念残念――」

アンジェリカは悔しそうに言った。

「アイなら、ユーリを任せられたのに」

アンジェリカの喋りは一方的だったけれど、とてもいい人っぽい。ユーリを思いやる気持ちが伝わってくる。

「動画を見せてくれてありがとう」

愛は立ち上がる。山瀬さんとの待ち合わせの時間が近づいている。この後、急いでユーリにお土産《みやげ》を渡しに行かないといけない。

視聴覚室の鍵《かぎ》をかけながら、アンジェリカは言った。

「あのね、アイ。『ガブリエルのオーボエ』を滑りたい人は、ほかにもいるのよ」

「え……？」

振り向いた愛の顔を、アンジェリカはじっと見つめた。

「例えば、カテリーナ・アシュビー。彼女はユーリをカナダに連れて行こうとしているの。……彼女は……危険よ」

（カテリーナ・アシュビー　イズ　デンジャラス……）

愛はアンジェリカの言葉を頭の中で再現する。一体どういう意味だったのだろう。

「『ガブリエルのオーボエ』をユーリの前で滑った？　ユーリはそんなことで怒るような人じゃないわ」

アンジェリカの言葉を胸に、愛は日本から持ってきたお土産を持って、サブトレーニングルームに向かった。ユーリと会う口実に必要だった。

お土産といっても大したものではない。考えに考えた末にタオルの詰め合わせになった。「実用的でいいじゃん」という華ちゃんの個人的な見解で決定した。タオルは体を拭くだけでなく、縫《ぬ》い合わせてエッジカバーを作ることもできるからだ。もっとも、エッジカバー作りは華ちゃんの趣味で、ユーリが自分でエッジカバーを作るとは限らないのだけれど。

あとは湿布薬と、これまた華ちゃんが買ってきたフリーサイズのお土産用のTシャツ。よく東京観光している外国人が着ているものだ。

（とりあえずラッピングはしたけど、実用的すぎるんじゃないかな。お菓子とか空港で買ってくればよかったかも。ユーリ、気に入ってくれるかな）

サブトレーニングルームは、マスカレード・オン・アイスの出演者にも開放されており、誰でも自由にトレーニングを行うことができる。

ユーリが愛のことを忘れていても、怒っていてもいい。万が一、愛がユーリに不愉快な思いをさせてしまったのなら、事情を説明して謝らないといけない。それから、日本から持ってきたお土産を渡して、華ちゃんからの「よろしく」を伝えないといけない。皆に無理を言って、ロシアまで来させてもらったのだから――。

アンジェリカに書いてもらった地図をたよりに、サブトレーニングルームに行くと、鍵《かぎ》がかかっていた。

（どうしたんだろう……。この時間はまだ使用者がいるはずなんだけど……）

扉の奥に人がいる気配がする。愛は意を決して、扉をノックした。しばらくして、不機嫌な声が返ってきた。

「誰？」

ガチャリと開かれた扉の向こうに立っていたのは、カテリーナ・アシュビーだった。

（また、彼女か……）

愛が思ったのと同様、彼女も愛を見て、露骨《ろこつ》にいやな顔をする。でも、今日は彼女の迫力に負けてはいけない。ユーリと話をするのだから。

「こ……こんにちは」

「何の用？」

扉の前で長身の彼女に立ちふさがれてしまうと、部屋の中に誰がいるのか、わからない。

「先日は失礼しました。あの……ユーリ……いますか？」

「いるわ。でも、誰にも会いたくないって」

「あの……私、ユーリと話したいです！」

愛は、事前に練習した英語の文章を思い出しながら、カテリーナに言う。

「だめよ。取材はショーのあとって伝えたでしょう？　彼、試合の前やアイスショーのときはナーバスになるタイプなの。特に今は彼にとって大事なときだから邪魔しないで」

そう言って、カテリーナはすばやく扉を閉めようとする。愛は閉まりかけた扉の間に足を入れた。

「ど……どうしても、今、ユーリに会いたいんです！」

取材はショーが終わるまで待てるが、愛はその翌日、帰国してしまう。

「あなた一体、ユーリの何？」

カテリーナは青い双眸《そうぼう》を細め、上から愛を見下ろした。

「何って……。その……友達です」

友達という単語を聞いた途端、カテリーナは鼻腔《びこう》を膨《ふく》らませ、笑った。

「友達？　あなたが一方的にそう思っているだけじゃないの？　ユーリはあなたと会いたくないみたいよ」

「私たちは友達です。六年前、日本のリンクで……。六年間会ってないですけど……」

「ああ、『ガブリエルのオーボエ』を滑ったのはあなただったの？　ユーリが妹と滑っていた……。ユーリはあなたの滑りにずいぶんショックを受けたみたいよ」

痛いところをつかれた。

「それは……私、知らなくて。あのプログラムがペアのプログラムで、ユーリが妹さんと滑っていたなんて……」

「そう、知らなかったの。ユーリが元ペアスケーターだったこと、ユーリの母親が振り付けた『ガブリエルのオーボエ』のことは、ユーリの元リンクメイトなら皆知っていることよ。そういうことも知らないのに友達？　しかも、六年間もお互いに連絡とっていなかったの？　そんな関係なんて、ただの知り合い以下じゃないの？」

カテリーナが言っていることは、なんとなくわかる。愛のことを責めているのだ。が、まくしたてるように話すので、反論することもできない。

だけど、話を聞いているうちに、愛は少しだけむしゃくしゃしてきた。愛はユーリと話がしたいだけなのに、なぜ、またカテリーナがしゃしゃり出てくるのだろう。もしカテリーナがユーリの気持ちを代弁しているのだとしたら――、なぜ、ユーリはそのことを愛に直接言わないのだろう。カテリーナの話を聞くと、ユーリはカテリーナにはずいぶん、べらべらと自分の心情を語っているようだ。

「まだ……なにかあるの？」

カテリーナは愛をにらんだ。言いたいことはあるけれど、愛の英会話力ではどうしても伝えられない。せめて、持ってきたものだけでも渡さないと。その中に、ユーリ宛《あて》の手紙を入れた。彼が読んでくれれば、愛の気持ちが伝わるはずだ。

「あの……私はユーリの演技が好きで……これ、渡したいです。渡しに来ました」

カテリーナは愛が持っている紙袋をじろりと見た。

「じゃあ、それ貸して。渡しておいてあげるから！」

紙袋はとりあげられる。

「え、ああ、その……ユーリに直接……私、ユーリの友達……」

「はっきりしないわね。これ以上、ユーリにつきまとわないでちょうだい。今、私たちは大事な時期なの。ショーの練習をしているのよ。邪魔しないで！」

「ショーの練習？」

押し問答の末、扉はぴしゃりと閉められる。おまけに鍵をかけられた。ショーの練習をするのに、なぜ鍵をかけないといけないのだろう。

（カテリーナは危険……）

アンジェリカの声が頭の中で響いた。

（あのね、アイ。『ガブリエルのオーボエ』を滑りたい人は、ほかにもいるのよ）

ユーリとの再会をカテリーナに妨害されていると感じたのは、考えすぎだろうか――。

「え、ユーリとカテリーナ、二人っきりだったの？　鍵をかけて？」

リンクに戻り、カテリーナとの経緯を話すと、山瀬さんは驚きの声をあげた。やはり、ジャーナリストとしては気になるらしい。

だが、この話を聞いてもユキさんは真剣にとりあわなかった。

「トレーニングルームに鍵をかけたのは練習しているところを見られたくないからじゃないの？　だって、カテリーナって自分が努力しているところ、見られたくないタイプでしょ」

「そうなんですか……」

試合やアイスショーで何度か顔を合わせたことのあるユキさんは、カテリーナの人となりをよく知っていた。

「マスカレード・オン・アイスの公演は、ペテルブルグの最終公演まで、もう十五回も各地で同じものをやってきてるんだよね。だから、最初から出演している人たちは、オープニングとフィナーレの群舞の振付を完全に覚えているけど、カテリーナはペテルブルグ公演からの参加だから、まだ覚えきれていないみたいなの。それで、手の空いた人に手伝ってもらっているって……。で、トロントの元リンクメイトのユーリに頼んだんだと思うんだけど」

ユキさんに言われると、そうだったのかという気がしてくるが、ジャーナリストの山瀬さんは簡単には納得しない。

「でもユキちゃん、女性群舞の練習とかもあるのに、どうしてカテリーナはユーリを指名したわけ?」

「ああ、それは、急造ペアとしての練習をしたかったんじゃないですか?」

「急造ペア?」

山瀬さんの言葉に、ユキさんはうなずく。

「練習風景を見て気がついたと思いますけど、このマスカレード・オン・アイス、場数をこなすうちに、皆だんだんのってきて、シングルスケーターでもペアやアイスダンスの本格的なエレメンツを行うようになってきたんですよ」

アイスショー開幕当初は、人気スケーター同士の急造ペアを楽しむものだったのが、スケーターたちは、観客の声援に応え、しだいに難度の高い技に挑戦するようになってきたらしい。

シングルスケーター同士がお互いのステップを真似《まね》たり、シングルスケーターの男性がアイスダンスの女性を持ち上げて、リフトをしたり――。

「もちろん、アイスショーで怪我《けが》は厳禁なので、あくまで遊びの範囲内ではあるんですけど。ペアスケーターで、アクロバティックな技が得意なカテリーナからすると、ふつうのシングル選手と組んで、レベルの低い技をするより、ペアの経験のあるユーリと組んだほうがいいと思ったんじゃないでしょうか」

「ユキちゃん、ぶっちゃけユーリ・レオノフってペアスケーターとしてはどうなの?」

ジャーナリストの山瀬さんはユキさんを質問攻めにする。

「そうですね。ブランクはありますけど、基礎的なことは一通りできるみたいですね。滑りに癖《くせ》があるカテリーナとも、ほかのスケーターよりは、うまく合わせられているみたいですし……」

「ふーん。それで、カテリーナは皆を驚かせるつもりでひそかに隠れて練習しているのか。で、元リンクメイトのユーリは、カテリーナの練習につきあっていると」

「……だと思いますよ。半分くらい憶測ですけどね」

そうだろうか――。愛の頭の中にはまだ疑惑が残っていた。

アンジェリカが「カテリーナが危険」と言ったのが、愛の頭の片隅に残っている。ユキさんの説明で納得する反面、カテリーナの態度を思い出すと、何かが違うという気もした。

「あの……じゃあ、どうしてユーリは私に会ってくれないんでしょう。いくらカテリーナと秘密の特訓していても、日本から訪ねてきたんだから、一度くらいまともに会ってくれてもいいのに……」

愛がこぼすと、「ああ、それはね……」と山瀬さんは愛に言った。

「さっきユキちゃん経由でここの関係者に訊いて知ったんだけど、マスカレード・オン・アイスに集中したいからだって」

「え……？」

「ユーリ・レオノフ、愛ちゃんに限らず、いろんな人との面会を断って、個人練習しているみたいなんだよ。千秋楽のショーにロシアのスケート連盟の人が見に来るから」

「連盟の人が……」

「そう。もし、そこでユーリが連盟の人を納得させるいい滑りができたら——ミハイロフコーチは無理でも、ロシアで別にいいコーチが見つかるかもしれない。怪我の経過を心配して、彼を引退させようとした人もいるけど、彼自身は、引退するつもりはないみたいだよ」

「そうなんですね……」

愛は胸をなでおろす。納得がいった。そうか、カテリーナの言ったことは本当だった。今は、ユーリにとって大事なときなのだ。

「それなら、ユーリの前をうろうろして、邪魔しちゃいけないですね」

愛が笑うと、山瀬さんとユキさんも笑い返してきた。

「そういうこと。あと四日、黙って応援してあげようよ」


滞在四日目。

雑誌企画の三回目のスケートレッスンは、マスカレード・オン・アイスのリハーサルの後に行われることになった。

愛は二階席の観覧席で、山瀬さんと並んで見学させてもらう。

このリハーサルでは、オープニングとエンディングの群舞の練習を集中的に行っていた。

山瀬さんが言っていたとおり、このショーの群舞の踊りは多種多様だ。すべての踊りと振付を数日で覚えきるのは、難しいだろう。カテリーナが特訓しているのもわかる気がした。振付を覚えるだけならともかく、全員で円陣を組んだり、すれ違ったり、交差したりとフォーメーションが自在に変わる。上から見ると、何をやりたいかがわかるのだが、下で指示通り滑っているだけだと、自分の動きがわからなくなるかもしれない。

女性陣に演出や振付の変更を説明しているのは、ユキさんだ。彼女は、英語とロシア語が話せるから、通訳としても有能なのだろう。愛に対して不遜《ふそん》な態度のカテリーナが素直に言うことを聞いている。そして、皆、ユキさんの後について、フォーメーションを変化させる。

ペテルブルグ公演のみ参加で、振付を完全に覚えていないスケーターたちは、皆ユキさんの動きを参照にしている。

ラテンダンス、フラメンコ、ジャズ――何を踊らせても、ユキさんのダンスはキレがある。ユキさんの隣にアンジェリカがいるが、アンジェリカの踊りがかすんで見えるほどだ。

（この人にレッスンしてもらっているのか……）

愛は隣で動画を撮影している山瀬さんに話しかける。

「山瀬さん」

「何?」

「ユキさんって、ひょっとしてすごいスケーターなんですか?」

「え……? もしかして……本当に知らなかったの?」

山瀬さんはすっとんきょうな声をあげる。

「雑誌のスケートレッスン企画の先生はマスカレード・オン・アイスの出演者だって言ったよね?」

「え、でも、ユキさん、群舞だけのお手伝いって言ってたので……。違うんですか?」

愛の言葉に山瀬さんは頭を抱えた。

自己紹介があっさりしていたから、愛はユキさんがスケーターであることも知らなかった。が、ユキさんは単なるインストラクターにしては、万能すぎる。シングルスケーターもペアスケーターも指導することができる。それも、トップクラスの選手をだ。

「あの……ユキさん、日本で滑ったことないですよね」

「日本でも滑ってたよ。愛ちゃんがまだ小学生の頃だけど。全日本に出て優勝したことがある」

「全日本で優勝?」

「彼女、ペアスケーターだよ。元日本チャンプで、二年連続ロシアチャンプ。まあ、昨シーズンは休場したから、元ロシアチャンプになっちゃったけど」

「ロシアペア?」

ユキさんは日本人ではないのだろうか。驚いた愛の顔を見て、山瀬さんが教えてくれる。

「パートナーがロシア人だから、今はロシア代表で出ているんだよ」

愛は驚きで、言葉を失った。

フィギュアスケート王国ロシア。特にロシアのペアの五輪での強さは圧巻で、一九六四年のインスブルック五輪から十二大会連続、五輪の金メダルをとり続けてきた。

その国のペアの元チャンピオン。

「すみません。本当に何も……知らなくて……」

今度は愛が頭を抱える番だった。愛はユキさんに対して、何の敬意もはらっていなかった。そんなすごい人に教えてもらっていたのに、何のありがたみも感じていなかった。

ああ、だから、ユキさんのレッスンを受けに来た愛を見て、アンジェリカは愛がペアスケーターだと思ったのだろう。

愛の背中が粟立《あわだ》った。ここに普通のスケーターはいない。選ばれた人たちの来る場所だ。

全日本ジュニアで表彰台にも立っていない、国際試合にも出たことがない、今季でスケートをやめるかもしれない人間が、ここにいて、レッスンを受けていいのだろうか。

「山瀬さん、ユキさんはこのリンクで子供たちを教えているみたいですけど、引退したんですか？　ユキさんのパートナーはこのショーに出ていないみたいですけど……」

「ユキちゃんのパートナーは一年半前に練習中に大怪我をしたんだよ。彼は何度か手術を受けて、今はモスクワの病院でリハビリ中」

「え……？」

「ユキちゃんはパートナーの復帰を待って、インストラクターをしながら、ここで一人で練習しているって」

「あんなにうまいのに……一年半も試合に出ていないんですか？　あれだけ滑れれば、シングルの試合に出られるんじゃないですか？」

「うーん、彼女はそもそもペアスケーターだからね。ペアとシングルの適性は違うから。良いシングルスケーターがアクロバティックな技が多いペアスケーターになれるものではないし、その逆もしかりだよ。彼女は天性のペアスケーターだから」

「別のパートナーを見つけないんですか？」

「そういう話もあったそうだよ。で、若いスケーターとトライアウトしてみたそうだけど、いい相手が見つからなかったって。パートナーを見つけるって、本当に難しいんだよ。ある意味、結婚相手を探すより難しいかもね。なにせ一緒に世界選手権の金メダルをめざす相手だから」

愛は、大きく息を吐いた。自分は本当に何も知らなかった。大泉スケートリンクの小さい世界にしかいなかったから。その中で、フィギュアスケートをやめさせられる自分が可哀想《かわいそう》に思えて仕方がなかった。でも、ユキさんと比べると、自分の問題など取るに足らないように感じた。

トップ選手でも、スケートを続けることは難しいのだ。スケートを続けることができ、良い成績をとっても、試練はふってくる。上に行けば行くほど、その試練は大きなものとなる。頂点に立つためには、その都度《つど》、試練を乗り越えていかなければならない。

「ユキちゃんを見てるとね、正直、神様って残酷《ざんこく》だなって思うことがある。今がジャンプも滑りも絶頂期なのに、パートナーがいないから試合に出られないんだから。スケートが好きという気持ちは誰にも負けないのに。気持ちだけでは、試合に出ることができない。でも、彼女はああ見えて強いよ。絶対にあきらめないから。きっとその試練に打ち勝てると思う」

山瀬さんの言葉は愛の胸に突き刺さる。

スケートを続けることは、誰にとっても、こんなにも難しいのだ。

「ごめんごめん、遅くなって……」

マスカレード・オン・アイスの練習後、ユキさんがリンクにやってくる。整氷時間までのわずかな時間。雑誌のフィギュアスケートレッスンの企画はこれが最後。

ロシアチャンピオンに直接指導を受けられるというのは、愛にとって最初で最後の経験だろう。山瀬さんも人が悪い。ちゃんと紹介しておいてくれればよかったのに――。

愛はてっきりユキさんは、ロシアでフィギュアスケートのインストラクターをやっている普通の人だと思っていた。いや、エリート揃《ぞろ》いを集めたこのリンクに、ごく一般人のインストラクターなどいるはずがなかったのだ。

「愛ちゃん、なんか今日は顔つきが違うね」

「いえ、山瀬さんから話を聞いて……」

ユキさんはリンクサイドの山瀬さんをちらりと見て、苦笑する。

「なんだろう、私の悪口かな」

「ユキさんって、すごいスケーターだったんですね。すみません。私、知らなくて……」

「ああ、全然すごくないよ。だって五輪金とってないもの」

そういうことをさらりというところがすごいと思う。六年前、初めてユーリに会ったときもそうだった。世界で勝負する人は、「世界」を当たり前のように口にする。「世界」に出るのが当たり前。そういう考えでないと、世界の舞台に立つことはできないのだろう。

「ユキさん……」

「何？」

「私……スケートやめるかもしれないんです……」

「どうしたの突然」

「もっとはやくユキさんに話しておけばよかったです。ユキさんの貴重な時間をもらって、レッスンを受けさせてもらっているのに……。私、日本に帰ったら、今季でスケート、やめるかもしれないんです。やめたくはないんですけど……経済的な事情で。それなのにユキさんのレッスン、受けても大丈夫なんでしょうか……」

「経済的な事情？　そんなの、どうにでもなるよ」

深刻な顔をした愛を笑い飛ばすように、ユキさんは言った。

「どうにでもなるって……」

「スケートが好きで、本当に続けたいと思っているなら、きっと道は開ける」

「私、がんばったんです。でも、先生方に見限られているっていうか。今年こそ、全日本ジュニアの表彰台にのらないといけないのに、何もできてなくて。マスカレード・オン・アイスの出演者の演技を観たら、自信喪失《そうしつ》というか……」

知れば知るほど、レベルの差がわかる。あのレベルに追いつくためには、どれくらいのことをしないといけないのだろう。ロシアでバレエを習ったら、もっとバレエレッスンを受けたくなった。本格的なレッスンが受けたい。上手になりたい――。でも、うちにそんな経済的余裕などない。

ユキさんは頭をかいて、ポツリと言った。

「私は……正直、今の愛ちゃんが羨《うらや》ましい」

「え……？」

「だって、怪我《けが》をしていないし、好きに滑れるし、試合にも出られる」

（あ……）

「私、試合に出るためだったら、今なんでもできる気分だなあ」

「ご…ごめんなさい……。そんなつもりじゃ……」

「ああ、私のことを気遣う必要はないよ。ユキちゃんが何者であろうとも、私は山瀬さんから仕事として、スケートレッスンの依頼を受けたんだから。ちゃんとギャラはもらっているから、気にしなくていいよ。それに——仮に、愛ちゃんが日本に帰ってからスケートをやめることになったとしても——ここで習ったことは絶対に無駄にならない。知ってた？　人生って無駄なことは何ひとつないんだよ。今すぐには役に立たないとしても、いつかきっと意味があることだったって思えるときがくる」

「ユキさんが……試合に出られないことも……ですか？」

「うん」

自分でも無神経なことを訊いたと思った。でも、ユキさんは愛の失言を気にしている風はなかった。

「だって、試合に出られないという経験も、ある意味、いいことだったんだよ。試合で遠征続きのときと違って、今は落ち着いて練習する時間が持てる。パートナーがいない間、自分の練習がみっちりできるし、インストラクターの経験も持てた。周囲の人のあたたかさやありがたみにも気がついた。愛ちゃんにも出会えたし。それに――まだ望みは捨ててない」

「え……？」

「来シーズンか、その次のシーズンになるかわからないけど、私たちは絶対に復活する。すぐにはロシアチャンピオンに返り咲けないかもしれないけど。こんなところでキャリアを終わらせるつもりはないよ」

　ユキさんの言葉には気持ちがこもっている。そう言って自分を奮《ふる》い立たせているのかもしれない。だけど、それ以上に、トップ選手という人種は皆、口にしたことを、実行できる力を持っているのだろう。こういう人たちに囲まれていると、つい自分もそういう能力があるのではないかと錯覚《さっかく》してしまう。だから、愛も口に出した。

「じゃあ、ユキさんと次に会う場所は、世界選手権の会場なんですね」

　いつか、ユーリが言った言葉を愛は思い出した。彼と再会を約束したのは、世界選手権だった。彼らにとっては、それが当たり前の場所なのだ。

日本に帰ったら、愛は東京ブロックに出場する。それから、東日本選手権、全日本ジュニア選手権。世界ジュニア選手権。ユキさんのいるシニアの世界選手権はまたその先――。愛がシニアに移ってから、数々の試合で好成績をあげ、シニアの全日本選手権で表彰台にのぼることができれば、出場することができる。どこまで行けるかわからないけれど、ユキさんと話すと、自分までその舞台に立てそうな気がした。

「そうだね。確実なのは、シニアの世界選手権だね」

ユキさんはにっと笑った。彼女のこの言葉を忘れないでおこうと愛は思った。いつかきっと、ユキさんは実現するだろうから。

「じゃ、時間もないし。今日は私の専門のレッスンをさせてもらおうか」

ユキさんは言った。雑誌の企画のテーマは、なんと「ペア」なのだそうだ。

そんなこと、山瀬さんからは何も聞いていなかった。だけど、聞いて合点《がてん》がいった。初日、車の中でユキさんが言っていた、愛の適性のことも。

「愛ちゃん、小柄だからペア向きなんだよね。ロシアでスケートやっていたら、絶対にペアに回されたよ」

ユキさんはアンジェリカと同じことを言った。

「背が低いと……必ずペアなんですか？」

「背が低ければ誰でもペアスケーターになれるってわけじゃないよ。柔軟性とか、男子についていけるスピードとか、高い身体能力がないとやっていけないし。でも、小柄で体重が軽いとパートナーへの負担が軽くなるから、ペアをやる上で愛ちゃんの体型は有利だよ」

(背が低いほうがいい――)

そんなことを言われたのは初めてだった。

「ユキちゃん、性格的にペアに向いているってどういうスケーターなの？」

カメラで撮影しながら、山瀬さんが聞いた。

「うーん、私のコーチが言うには、練習における規律を守れる人……ですかね」

「規律？」

「ペアはシングルと違って、個人で好き勝手できないんですよ。体格のちがう男女が、一つのプログラムに取り組むわけじゃないですか。怪我の恐れのある危険なエレメンツも多いので、コーチの命令は絶対です。コーチに言われたことをきちんとやり遂《と》げる責任感、相手に合わせられる性格の柔軟性が大事ですね。あとはパートナーに対する信頼、敬意と思いやり……でしょうか」

「ペアはフィギュアスケートの中で一番アクロバティックだけど、恐怖心はどうやって克服するの？」

「陸上や氷の上で少しずつ段階を経て、トレーニングしていくので、そのうちに慣れていきます。コーチの言うとおりやっていれば、恐怖心は芽生《めば》えません。ただ――どうしても恐怖心を克服できない人がいるのは確かです。そういう人はシングルにいったり、スケートをやめることもありますね。あ、ペアといっても、今日、いきなり三回転ツイストやスローをやるわけじゃないから安心して」

ユキさんの最後の言葉は、愛に向けてのものだ。

「じゃあ、ペアの一番最初の練習って何をするんですか？」

愛が訊くと、ユキさんはにやりと笑った。

「愛ちゃん、口に出して一からカウントしてみて」

「え……？」

「山瀬さんも数を数えてみてください」

愛と山瀬さんは言われたとおり、一、二、三…と数えてみる。十までカウントしたところで、ユキさんはうれしそうな顔をした。

「ね、二人ともバラバラでしょう？」

確かに二人のカウントはバラバラだった。ユキさんは笑った。

「時間の感覚は人それぞれなの。いーち、にー……っていうテンポの人もいるし、一、二、三って速い人もいる。だけど、その感覚を同じにしないと、ペアのエレメンツはできないの。だから、まずは二人の時間感覚を統一させるの」

（時間感覚を統一――）

「いろんなやり方があるけど、パートナーか自分か、どちらか一人に合わせるのが楽かしらね。それで、二人で同じインターバルにするの」

ユキさんに手を引かれ、愛はリンクを一周する。

「それから歩数を決める。いつも二人で同じ動きができるように」

フォア、バックでユキさんと並んで滑る。上半身は気にせず、足の動きだけをそろえるように言われたが、簡単そうに見えて難しい。

「まず基本はこれ。これができないと、ペアらしく見えないの。お互いのリズムがそろわないとね。だから、毎日二人で並んで滑って、動きを確認するの」

ユキさんと愛が並んでぐるぐるリンクを回っていると、「ユキちゃーん、普通に滑っているると絵にならないよ」とカメラを構えている山瀬さんから声が飛んだ。

「そうですけど、これが基本なんで……」

ユキさんも苦笑する。

「ペア経験者の男の子を用意しようかと思ったんですけど、いきなりアクロバティックな技をやって、愛ちゃんに怪我させたらいけないじゃないですか。ペアのエレメンツで、すぐにできるものとしたらサイドバイサイドのジャンプとか……」

サイドバイサイドは「並んで」という意味だそうだ。ペア、アイスダンスで使われる用語で、男女二人の選手が並んで、同じ技を行うことをいう。例えば、ペアにはサイドバイサイドのジャンプ、スピン、ステップがあるらしい。

「そうだけど、あまりに地味というか。ほら、ペアといったら、やっぱり大技だよ。スローとか、リフトとかじゃない?」

「でも、初心者にいきなりスローは無理ですよ」

(スロー……って何だろう。……ゆっくり?)

愛は小首を傾《かし》げる。ペアにはシングルにないエレメンツがある。

ユキさんと山瀬さんは、愛にどんなエレメンツを教えるかで押し問答をはじめた。そのときだった。

「すみませーん!」

男性の声が響き、リンクに人が入ってきた。その人はユキさんに向かってロシア語で叫んだ。

「このリンク、空いているところ、使っていいですか? あっちの練習用のリンク、アンジェリカの取材と撮影で使えなくなっちゃって……」

金髪の長身——全身黒の練習着のユーリだ。その後ろに、背中を完全に露出したデザインのレオタード姿のカテリーナが立っている。

「ああ、いいわよ」

ユキさんの返答に、「ありがとうございます」とユーリは頭を下げる。

「このリンクで練習するって、いいよね？」

ユキさんは一応、愛に確認をとった。よくないはずがない。

（同じリンクにユーリがいる……）

思わず、愛の目はユーリを追ってしまう。細身だけれど、筋肉質な体。

近くで見ると、スケーティングのうまさがわかる。力を入れなくても、どんどんスピードが出て、つるつるとよく滑る。

「愛ちゃん、今はこっちに集中してね！」と、カメラを持った山瀬さんに注意される。

「すみません！」

そうだった。ユーリの邪魔をしないと決めたのだった。

愛が山瀬さんに怒られるのを見て、笑った後、「ああ、そうだ」と、ユキさんは思い出したようにユーリのところに滑って行った。

「ユーリ、こっち来て。ちょっと手伝ってくれない？」

どうやら、ユキさんはユーリを愛のところに連れて来てくれようとしたらしい。しかし、ユーリは手をあげて何かを言い、カテリーナのところに行った。

「ごめーん、だめだった。愛ちゃんをリフトしてもらおうかと思ったんだけど、ショーの後でいいですかって断られた」

ユキさんが舌を出しながら、帰ってくる。

「あ、別にいいです。そんな……。ユーリの邪魔をしたくないし……」

「ユーリ、リフトがうまいんだよ。バレエ学校時代にみっちり女性のサポートをしこまれたみたいでね。ショーのときに一度、彼にリフトしてもらったんだけど、すごく安定していて滑りやすかったの」

「へえ……。じゃあ、ユーリ・レオノフがペアに戻る可能性はあるのかな」

山瀬さんの言葉に、愛はどきっとする。彼が「ガブリエルのオーボエ」を完成させたいのなら、ペアでなければならない。

ユキさんは考え込んだ。

「どうでしょう。ユーリはシングルに未練があるみたいですけどね。でも、ユーリはリズムが独特だし、スケートに対して頑固だから、彼と合わせられる人はそういないと思うんですよ。それこそ、ずっと一緒に滑っていた妹さんでもないと……」

ユーリとカテリーナは手を握り、リンクを周回しはじめた。ペアの練習だ。

マスカレード・オン・アイスのオープニングとフィナーレで急造ペアで滑るというのは知っていたが、こうして見ると、ユーリとカテリーナは現役《げんえき》のペア選手のように見える。

二人とも長身だから、ぎゅんぎゅんスピードにのって滑ると、迫力がある。

視線をはずそうとしても、つい、彼らの行く手を見てしまう。

しばらく二人でリンクを回った後、ユーリは背後からカテリーナを引き寄せ、遠くに向かって放り投げた。カテリーナの体が、空中で三回転し、きれいなランディング姿勢をとって、着氷。ビシッときまる。

「うわ……すごい……」

思わず、愛の口から声が漏《も》れる。

女性のジャンプを男性が補助し、女性の体を高く投げあげる。

「あれはペアだけのエレメンツ、スローイングジャンプ、私たちは略してスローって言ってる」

ユキさんが愛に教えてくれる。

（あ、そっか。スローっていうのは、slow《ゆっくり》じゃなくて、throw《投げる》のことか）

口に出さなくてよかったと愛は内心思った。

（だけど、あの技って――……）

「決めるところはさすがね。ショーの遊戯とはいえ、本格的にエレメンツ入れてくるんだ……」

ペアスケーターのユキさんも、気になるようで、ちらちらと二人の練習ぶりを見ていた。

ユーリとカテリーナは、ショーのオープニングとフィナーレ用の、短時間の出し物にしては、やりすぎなほど、さまざまなエレメンツを練習していた。ペアのエレメンツで、何をやるか模索しているのだろうか。特に、重点的にやっていたのが、サイドバイサイドのジャンプだ。

二人そろって、ステップから同じタイミングでジャンプを跳ぶ。三回転トウループ+二回転トウループのコンビネーション。

それから、二人で何やら相談し、もう一度挑戦する。三回転トウループのあと、ステップを入れ、もう一度三回転トウループ——シークエンスだ。

コンビネーションジャンプは、ジャンプを着氷した後、すぐに次のジャンプを行うもので、ジャンプシークエンスは、ジャンプとジャンプの間のつなぎにステップを入れたものだ。

二人とも難なく決める。決まると、思わず愛も、山瀬さんも手を叩いてしまう。

「すごいね。あの二人、三日間の練習であれでしょ?」

山瀬さんが感嘆《かんたん》の声をあげ、ユキさんに訊く。

「ペアを組んだら、いいとこ、いくんじゃない?」

「そうですね。カテリーナは旦那《だんな》さんと組んでますから、ユーリと組みかえるってことはないでしょうけど。二人とも金髪の美男美女で華やかさがあるから、ペアを組めば人気が出るでしょうね。何よりジャンプの確実性はすごいですね。うらやましいです」

ユキさんたちのペアは、リフト等の大技は得意だが、サイドバイサイドが苦手だったようだ。

「ペアのエレメンツで何が難しいかってよく訊かれるんですけど、スケーターそれぞれ、得手不得手があるから、一概《いちがい》に何が一番っていうのは言えないんですよね。私は相手に合わせるのが苦手だったから、サイドバイサイドのジャンプとかスピンが苦手で……」

「そういえば、ユキちゃん、パートナーが怪我《けが》している間に、ずいぶんジャンプが上手になったじゃない。試合のときはいつも一人で転倒してたのに……」

山瀬さんが茶化《ちゃか》すように言うと、ユキさんは顔を真っ赤にした。

「違いますよ。私は一人のときはちゃんと跳べているんですよ！」

（一人のときはちゃんと跳べている？）

その言葉に愛はひっかかりを覚えた。

「あの……二人だと、跳べないことがあるんですか？」

「あるわよ」

ユキさんはもう一度、ユーリとカテリーナのジャンプを見るように言った。

ユーリはシングルスケーターなので、ジャンプは三回転であれば、全種類跳ぶことができる。

カテリーナもサルコウとトウループは得意のようだ。急造のペアなので、すべてのタイミングがぴったりというわけではないが、着氷が合うと見映えがする。

「あのジャンプでダメなんですか?」

「ショーならあれでもいいと思うわ。でも、競技ならだめね。まず、二人が描くカーブが違う。跳ぶタイミング、角度、滞空時間、着氷、フリーレッグ。すべてがそろってやっとペアの動きになるの。エレメンツさえ入れば、エレメンツの完成度は二の次っていうペアもいるけど、やはりペアの美しさの神髄《しんずい》って、二人の同調性――ユニゾンだと思うの」

(ユニゾン――)

「ジャンプも、一人だと普通に跳べるジャンプでも、二人で跳ぶと、つい相手の動きに合わせすぎて、失敗することがあるの。愛ちゃん、試しにやってみる?」

「あ、はい……」

「今、ユーリとカテリーナがやっているでしょう? あのタイミングで三回転トウループ跳ぶわね。いい? 愛ちゃんが先頭で滑って、そのままバックで、一、二で踏み切り」

「わかりました」

並んで弧《こ》を描くように前向きに助走し、体を反転させる。その瞬間、ユキさんの背中が目に入る。それから、ユキさんの左足の動きを見て、それと同じタイミングでトウをついて跳び上がる――。

(あ……)

跳び上がった瞬間にわかった。ジャンプの高さが足りない――。

思った通り、回転が足りず、両足着氷。愛はバランスを崩して手をついてしまう。

「え……どうして？　愛ちゃん、トウループ、苦手じゃないよね？」

山瀬さんが驚いた声を出す。トウループは五種類のジャンプのうち、一番簡単なジャンプだ。

もう一度、ユキさんと一緒に跳ぶが、なぜかうまく着氷できない。

「あの……なんででしょう。タイミングがとれなくて……」ユキさんの動きを見てたら、高く跳ばないといけないのを忘れてしまったというか……」

バランスを崩して氷の上に倒れた愛を、ユキさんが引っ張り起こす。

「今、愛ちゃんは私のジャンプに合わせて跳んだから、タイミングがくるったのよ。ペアってどちらか一方が相手のタイミングに合わせないといけないのよ。後ろにいるほうが前にいるほうの動きに合わせるの」

「あ、なるほど！　ユキちゃんのペア、ジャンプでいつも後ろだったのは、ユキちゃんだった。だから、ユキちゃんのジャンプに好不調の波があったんだ」

合点《がてん》がいったように山瀬さんが叫んだ。

「そうですよ。私のパートナーは楽でいいですよね。自分のタイミングで跳べるんだから」

やっとわかったか、という顔でユキさんがほほえみ、愛にむきなおった。

「山瀬さんが言ったとおり、サイドバイサイドだと、いつも私が合わせる方だったの。で、同時にジャンプするときは、パートナーの動きを見ながら、自分も踏み切るの。ジャンプって人それぞれ跳びやすいタイミングがあるでしょう？　自分の跳びやすいタイミングじゃなくて、相手に合わせてジャンプするのって本当に難しいのよ。それが簡単にできる人もいるかもしれないけど、私は苦労したの。相手の動き、踏み切るタイミング、滞空時間まで頭に入れて跳ばないといけないから」

「ああ、そうか……」

愛は呟いた。頭の中でひらめくものがあった。

「わかりました。要するに、ペアはシングルスケーター二人の演技だといけないんですよね。二人がバラバラではいけないっていうこと」

「そうよ」

「すみません、ユキさんの三回転トウループ、もう一度見せてもらっていいですか？」

「いいけど」

「まずはユキさんの動きを覚えます。で、そのタイミングでジャンプしてみます」

「え……？」

愛の発言にユキさんはびっくりしたようだったが、また同じように弧を描き、三回転トウループを跳んでくれた。愛はその映像を頭の中でなぞる。

「どう？」

「わかった……と思います。じゃあ、すみません、もう一度、お願いします」

「いいわよ」

ユキさんは疲れを顔に出さず、快《こころよ》くジャンプを跳んでくれる。

今度は間違えない。ユキさんがトウをつくタイミングを見て、同時にトウをついて、跳び上がる。ユキさんの動きを見て、自分でも確認できた。同じタイミングで着氷できたはずだ。

「パーフェクトだよ！」

山瀬さんが叫んだ。ユキさんも驚いたように首をふる。

「なんで……できるの？　一回だけで……」

「ユキさんの動きを再現したんです」

「再現？」

ユキさんは怪訝《けげん》そうな顔をする。

「ああいうふうに跳びたいなと思ったんです。っていっても、今、合わせられたのは、跳んで降りるタイミングだけで、まだフリーレッグとか上半身の動きまでは完全にシンクロできていないんですけど」

「跳びたいと思っただけでできるの？　ひょっとして、ユーリの『ガブリエルのオーボエ』も滑りたいと思ったら、滑れたの？　あんなに……ユーリのコピーみたいに……」

「はい」

ユキさんは山瀬さんと顔を見合わせた。

愛はユキさんが何に驚いているのかわからなかった。そのとき、

「アイ、マラジェッツ！」

後ろから声が響いた。振り向くと、アンジェリカが手をふっていた。地元のテレビ局が彼女を撮影している。

「マスカレード・オン・アイスの特番の撮影なのよ」と、ユキさんが言った。ショーに先駆けて、放映されるらしい。

アンジェリカは撮影クルーを連れ、ユーリに何やら話しかけていたが、ユーリは首をふって、アンジェリカから遠ざかった。アンジェリカはなおもユーリに話しかけていたが、ユーリはアンジェリカに応えようとしなかった。

「ユーリ、ここのところ、ずっとあんな感じなの。仲が良かったアンジェリカとも口を利《き》かなくなったって」とユキさんが嘆《なげ》いた。

「元リンクメイトと顔を合わせづらいとか、このリンクで練習しにくいっていうのもわかるんだけど……」

「彼、リンクの営業時間帯、ずっと練習してるって聞いたけど、本当？」

耳ざとい山瀬さんが確認する。

「マスカレード・オン・アイスに連盟の人が来るから、アピールしようと思って練習に励《はげ》んでいるんでしょうね。でも自分の練習だけでなく、カテリーナの練習まで付き合っているっていうのを聞くとね。また無理をして、膝を壊さなければいいんですけど。怪我《けが》って癖《くせ》になると治りにくいから……」

ユキさんは心配そうに言った。


ユーリとカテリーナの練習は、愛がリンクから上がった後も続いているようだった。

更衣室で着替えていると、撮影を終えたらしいアンジェリカが入ってきた。

「アイ！」

「こんにちは、アンジェリカ」

「こんにちはじゃないわ！」

テレビ撮影用にメイクをして、アンティークドールのようなワンピースを着せられたアンジェリカは、ぷりぷりしていた。

「私、ちゃんと言ったでしょう？　カテリーナは危険だって。知ってる？　二人はいつも一緒に練習しているのよ！」

「知ってる。……二人はショーの練習をしているだけ。そういう関係じゃない……」

「アイ、前に言ったでしょう？　カテリーナはユーリをカナダに連れて行こうとしているの」

そういえば、そういうことを言っていたような気がする。

「それは、いいことじゃないの？」と愛は訊く。

ロシア代表の道が閉ざされた今、カナダに戻り、カナダ代表で出るのは悪いことではない気がした。ユーリは現役続行《げんえき》の道を模索しているはずだから。

「違う。そういう意味で言ったんじゃないの」

アンジェリカがノーノーと言うので、自分の意見を否定されたことはわかった。

「ユーリとカテリーナは本質的に合わないの。もしかしたら、もう手遅れかもしれない……」

「手遅れ？」

「ユーリは頑《かたく》なになってしまって、誰のアドバイスも聞き入れないの。アイなら……ユーリを助けられるんじゃないかと思ったのに……。だって、あのプログラムを滑れるんだから」

「アンジェリカ……？」

アンジェリカは愛に何やら一生懸命説明していたが、愛がちんぷんかんぷんな顔をしていたので、話すのをあきらめてしまった。

「……どうして、誰もわかってくれないのかしら。ユーリの選手生命が危ないのに」

そう言って、彼女は更衣室から出て行った。彼女が最後に言った言葉は、ロシア語だったから、愛にはわからなかった。

愛はホテルに戻ってシャワーを浴びた。

時間が経つのは早い。今日でロシア滞在のほぼ半分が終わってしまった。

テレビをつけると、マスカレード・オン・アイスの宣伝でアンジェリカの特集をやっていた。テレビの前に陣取り、食い入るように番組を見ていた愛に、山瀬さんがわかるところを訳して教えてくれた。

シベリアの辺境《へんきょう》の街に生まれたアンジェリカは、六人兄弟の長女として、貧しい家庭に育った。

彼女は、九歳のときにミハイロフコーチに見いだされ、ペテルブルグに住むことになった。今はコーチの親戚《しんせき》の家に下宿しているそうだ。

アンジェリカはペテルブルグに来てから、一度も故郷に帰っていないという。毎日の練習を休めないため、帰省することができない。家族がアンジェリカを訪ねてくることもない。娘に会いに来る経済的余裕がないそうだ。

アンジェリカの楽しみは一日に一度、家族とスカイプでお喋《しゃべ》りすること。家族はアンジェリカがトレーニングが終わって、電話してくるのをいつも待っているらしい。

アンジェリカのお母さんは小・中・高一貫学校の英語の先生で、アンジェリカの英語教育には熱心だったそうだ。日本では教師の地位は高いが、ロシアではそこまで地位は高くなく、給料も安いので、教師以外に家庭教師をして、女手ひとつで一家を養っているという。

アンジェリカはペテルブルグに引っ越してからも、母親の要望で、英語の授業がある小学校に編入した。アンジェリカのお母さんは、いずれ娘が世界に出ることを見越し、子供の頃から英会話力をつけさせようとしたのだという。そして、アンジェリカはそれを実行してきた。

そういうのを聞くと、英語の苦手な愛は耳が痛い。

「ロシアでは五輪金メダリストになると、報奨金《ほうしょうきん》だけでなく、家や車がもらえたりするんだよね。だから、彼女たちは成功するしかないの。一家の運命がかかっているんだもの」

山瀬さんが呟《つぶや》いた。そういう背景を知ると、アンジェリカの言葉の重さがわかる。

——今、食べたいものは？

——ママの手料理。

インタビューでそう答えていたアンジェリカ。それは決して、お母さんにべったりで甘えているわけではない。幼いときに、お母さんからひきはなされた彼女は、過酷《かこく》な状況に身を置いている。アンジェリカは、九歳から一度も、お母さんの手料理を食べていないという。

「やっぱり、インタビューでひきだした短い言葉だけでは、選手の人となりを伝えることはできないよね」と山瀬さんが呟いた。

場面が変わり、リンクが映し出される。インタビュアーがアンジェリカにマイクを持って訊いている。この場所は、今日、愛がユキさんのレッスンを受けていたズヴョーズヌイのリンクだ。

インタビュアーはアンジェリカの日常生活をいくつか質問した。そのあと、「リンクに友達はいますか?」と訊いた。その友達をテレビの前で紹介してほしかったようだ。しかし——

「一人いたけれど、いなくなりました……。でも、大丈夫」

アンジェリカは笑った。彼女は決して泣くことはない。小さい体に家族を背負っているから。

(いなくなった友達というのは、ユーリのことだったのだろうか……)

アンジェリカは強い。彼女はエリート中のエリートだ。そのプライドがあるから、つらいと愚痴《ぐち》をこぼすことはない。そして、友達思いだ。自分のことばかり考えているようで、人にお節介《せっかい》をやきたがる。それはユキさんにも通じている気がした。対して、愛はいつも自分のことで手一杯で、人のことを思いやれる余裕がない。

(なぜ、皆、他人にやさしくできるのだろう——)

アンジェリカはユーリのことを心配していた。頭の中に、アンジェリカが愛に話したことが、断片的に思い出される。

カテリーナは危険。

——カテリーナとユーリは合わない。

——カテリーナはユーリをカナダに連れて行こうとしている。

アンジェリカは愛に何かを期待していたようだったが——。

(私に何ができるっていうんだろう。ユーリとまだ一度もまともに会って話せていないのに……)

いずれにしても、ペテルブルグ滞在はあと四日と少し。五日後には愛は日本に帰らなくてはならない。

夜、愛はタブレットを開き、チャットアプリを起動する。

ペテルブルグと日本の時差は六時間。ペテルブルグの夜七時は、日本時間の翌日の午前一時だ。この時間なら合宿所の華ちゃんはぎりぎり起きているはずだ。
アプリには華ちゃんからメッセージがすでに入っていた。

華：ユーリに会えた？　よろしく伝えてくれた？

滞在四日目が終わるのに、まだ一言も会話できていないいないなどという状況は、華ちゃんも想像していないに違いない。

愛：お土産《みやげ》わたしたよ
華：ユーリと喋った？　お土産、なんて言ってた？
愛：お土産わたしただけ。まだ話せてない
華：なにそれ。なんのためにロシアに行ったの！
愛：ユーリの演技は見たよ。すごかった
華：ユーリTシャツ着てくれた？
愛：わたすだけで精一杯
華：愛がロシアに行くために、どれだけ私が手を尽くしたと思っているの！　なのに、肝心《かんじん》な成果はないの？

華ちゃんは怒っているらしく、怒り顔のスタンプを送ってきた。

華：なんでユーリと話ができていないの？　意味わかんない

愛：ユーリ、今大変なときだから、邪魔したくない。ところで、札幌のおばあちゃんはどう？

華：無事、退院したって。愛によろしくって

愛：よかった

華：スケートレッスンはどう？

使い慣れていないレンタルのタブレットだから、愛は入力に時間がかかる。いっそのこと電話したほうが早いのだが、華ちゃんのいる合宿所はもう消灯時間なので、音声通話はできないとのことだった。

愛：レッスンは今日が最後だった。よかったよ。詳しくは帰国してから話すよ

華：そうだ。『窓際』の件でニュースだよ。日本に帰ってきたら教えてあげる

愛：何？　もしかして、私、『窓際』から脱出できた？

華：愛は『窓際』のままだよ。でも

愛：でも？

華：よかったね。ちゃんと、愛のがんばりを見てくれていた人はいるんだよ。サプライズ、楽しみにしてて

サプライズ――？　サプライズってなんだろう。

訊き返す暇もなく、華ちゃんが唐突《とうとつ》に「眠いから、寝る」と送ってきて、そこで対話は終わった。ユーリがペアスケーターだったとか、ユーリの妹のことも、アンジェリカのことも、何一つ伝えることができなかった。

（華：ちゃんと、愛のがんばりを見てくれていた人はいるんだよ）

愛はこの文章を何度も読み返した。

もしかしたら、日本に帰っても、フィギュアスケートを続ける道ができたのだろうか。

いや、そんな甘い話があるはずがない。だけど、誰かが自分のことを見てくれていた――。それはとてもうれしい。

滞在五日目。

この日も無事に終わる。山瀬さんの取材も順調で、ユーリとカテリーナを残し、全員のインタビューがとれた。

あとは通しリハーサルと、二日間のアイスショーを残すのみだ。その後、愛は帰国する。一週間なんてあっという間だ。あれだけ勢い勇んでロシアにやってきたのに、ユーリとろくに話すこともできなかった。いや、ユーリのことは今は考えるのをよそう。ショーが終われば、時間が持てるはずだ。

ホテルに戻った愛は、マスカレード・オン・アイスのオープニング曲を口ずさみ、ダンスを踊った。連日、マスカレード・オン・アイスのリハーサルを見ているからだろうか。自分もあのメンバーの一人になったような気になる。

金メダリスト揃《ぞろ》いのアイスショー。いつか、愛もあそこで滑れるようになりたい。全日本で表彰台にのぼれば――まだ、チャンスはある。

（やっぱりスケートやめたくない。お父さんとお母さんにこれ以上、負担をかけたくないけど……。スケート部がある大学に行くとか、方法はないだろうか）

ユキさんと世界選手権での再会を約束した。日本に帰ったら、将来のことを真剣に考えたい。

「愛ちゃん、まだ起きてる？」

買い出しから帰ってきた山瀬さんが、リビングに顔を出す。

「なんですか？」

「ユキちゃんから呼び出し。ユキちゃん家《ち》にご飯、作りに行かない？」

「え……？」

（ご飯を食べに――じゃなくて、ご飯を作りに――？）

「いいから、行こうよ！」

状況がよくつかめなかったのだけれど、ホテルのロビーにユキさんが車で迎えに来ていたので、その車に乗った。ユキさんは今日、マスカレード・オン・アイスのリハーサルでも滑り、子供たちのレッスンをし、山瀬さんの取材を手伝い、精力的に動いていた。それで、まだ動ける力が残っているようだった。海外に住む人たちは、疲れ知らずだと愛は思った。


ペテルブルグの中央を流れるネヴァ川沿いのマンションの一室がユキさんの家だった。

ペテルブルグに移住したときに購入したという。天井が高い二ＬＤＫの部屋。玄関先から見える寝室はファンからもらったプレゼントで博物館のようになっている。棚《たな》にはメダルやトロフィーが飾られ、壁には競技用衣装がつられている。床はファンからの贈り物や手紙で足の踏み場もないほどごちゃごちゃしているけれど、その様子は愛の部屋と少しだけ似ていた。

（華ちゃんコーナーがいずれこういう感じになるのか……）

「スリッパ履《は》いて、洗面所で手を洗ったら、キッチンに来てね」

山瀬さんと愛を家の中に招き入れると、ユキさんはキッチンに飛んでいった。玄関に置いてあるスリッパはフェルトの冬用のものだ。ロシアの住宅は足もとから冷え込むという。

「スリッパを履くなんて、日本風なんですね」

愛が言うと、

「違うよ。ロシアではどこでも家の中はスリッパだよ」とキッチンからユキさんの声が返ってきた。

「特に冬場は雪と泥と凍結防止剤で靴《くつ》がドロドロに汚れるから、そんな靴で室内に上がったら、大変なことになるよ」

「そうなんですか」

英語の授業では、欧米《おうべい》の住宅では靴のままだと教わった気がするのだけれど。一口に外国といっても、本当に多種多様なのだ。

「あ……」

ロシア風の小物でまとめられたキッチンに入ると、なつかしい、独特のにおいがした。土鍋《どなべ》の蓋《ふた》をあけたユキさんがにんまりと笑う。

「ちょうど蒸らし終わったところ」

　鍋の中にあったのは、燦然《さんぜん》と輝く、つやつやのお米だ。ロシアに来てから、こんな米らしい米は見たことがなかった。ロシアにも白米はあるが、主食という感じではない。肉料理の付け合わせだったり、マヨネーズとからめてサラダの具材になったりする。ホテルの朝食に出たから食べてみたけれど、食感がぺちゃっとしていたり、芯が残っていたりして、日本人が知っている米とは違っていた。

「え……これ……どうして……」

「今回持ってきてもらった救援物資！　ちょうどマスカレード・オン・アイスの出演者に差し入れしたかったから、すごく助かった。今から皆で手毬《てまり》寿司を作るよ」

　ユキさんは張り切っていた。

「あの……手毬寿司ってなんですか？」

「愛ちゃん、食べたことない？　手毬のような小さくて丸いお寿司。彩りがきれいだし、一口サイズだからパーティーにもってこいなの」

　ユキさんは白米にすし酢をまわしかけて、手早くしゃもじで混ぜた。テーブルの上には、お寿司を作る材料が並べられている。山瀬さんが空港で買った冷凍物の魚介類だ。

「私……作ったことないです……」

　愛は家庭科の授業でろくに包丁を握ったことがない。家でも料理担当は華ちゃんだった。

本当に何もできない自分が恥ずかしい。

「ああ、簡単だから大丈夫大丈夫。二人が来てくれて本当に助かった。こればっかりは、人手が必要だから。一人で大量に作ると時間がかかるし、肩こっちゃうんだよね」

「ラップで具材と寿司飯をくるめばいいんだよね。スモークサーモン、切っちゃってい い？」

作り方を知っているらしい山瀬さんがユキさんの用意したエプロンをつけ、服の袖《そで》をまくる。

「あ、はい、お願いします。だけど、その前に……」

はい、と愛の目の前にお皿ごとさしだされたのは、白くてつやつやした三角形の物体だった。

「まず、腹ごしらえしないと、ね」

たった今、ユキさんがラップで握ってくれたものだ。愛は一瞬、それがなんだかわからなかった。まさか、ロシアで見るとは思わなかったからだ。

「これって……おにぎり……？」

「そう、コシヒカリ。日本のお米のおいしさって、やっぱりこれが一番じゃないかなって」

「え……？」

動揺《どうよう》する愛の手の上に、ユキさんはラップで包んだおにぎりを置いた。まだほんのりとあたたかい。

「ごめん。うっかりお酢かけちゃったけど、あたたかいうちに食べて食べて。おいしいよ」

「だってこれ……」

愛は躊躇《ちゅうちょ》する。ロシアに来てわかった。スーパーに行っても日本の食材なんてほとんど見かけない。パッケージに日本語が書いてあっても、中国産や東南アジア産のものばかり。日本産のお米は見つけられなかった。

このユキさんも、アンジェリカと同じだ。ずっと日本に帰らなくて、ロシアで生活している。ロシアは郵便事情が悪く、日本から送る荷物が届かないことがあると聞いた。この人にとって、日本食はとても貴重なものだ。貴重なものをどうして、愛にくれようとするんだろう。

「ユキさん、これ、食べられません。私、三日後には日本に帰りますし」

「そんなこと言わないで食べてよ。せっかくにぎったんだから」

そういうユキさんは、白米に手をつけようとしない。このおにぎりは愛一人分しかない。

「でもこれはユキさんが……」

「私は、ロシア長いから、ロシア食だけで大丈夫なんだよ。でも、ロシア食って脂分が多いから、慣れないと胃にもたれることがあるんだよね。そういうとき、日本人にとって、日本食はどんな薬より効くと思うの。元気になるよ」

（あ……）

ユキさんは、愛を心配して、おにぎりを作ってくれたのだ。ここのところ、愛の元気がなかったから。

愛はおにぎりを見つめた。

どうして、皆、愛にやさしくしてくれるのだろう。

ユキさんはこの国で、ずっと一人で生活して、一人で練習している。二十代後半ともなれば、皆とっくに現役《げんえき》を引退する年齢だ。絶頂期に試合に出ることができず、皆が活躍していく中、パートナーの復帰を待ち続けている。どれだけ先の見えない生活だろう。

そういう生活だと、きっと日本食が必要になる日がくるのではないのだろうか。なのに、この人は大切なものを、惜しげもなく他人にあげることができる人なのだ。

その貴重なおにぎりを愛は一口かじった。お米からじわっと甘味が出てくる。

「焼き海苔《のり》いる？　あるよ」

このご飯は、手毬寿司を作るために少し固めに炊《た》いたもの。お酢と砂糖でほんのり甘酸《あまず》っぱい。でも――

「おいしいでしょ」

ユキさんに笑顔で聞かれると、「はい」と素直にそう答えることができた。

ロシア滞在六日目。

マスカレード・オン・アイスの最後のリハーサルが行われた後、「はーい、皆集まってー！」とユキさんが召集をかけた。出場するスケーター、関係者がユキさんの前に集まったところで、ユキさんは英語とロシア語でスピーチをはじめる。

皆はユキさんの話を聞いた後、「おお！」と一斉に愛を見た。愛と山瀬さんの腕の中には、風呂敷《ふろしき》に包まれた重箱がある。昨夜三人で――というより、ほとんどユキさんと山瀬さんが作った日本料理だ。

「今、愛ちゃんが皆のために日本食を作ってくれたって言ったんだよ」

山瀬さんが愛に囁《ささや》く。

「そんな……。これを作ったのって、私じゃないです。ユキさんと山瀬さんで……」

「そんなの別にどうでもいいよ。さ、いいから、ユキちゃんのところに行って」

ユキさんは大々的に愛を紹介する。愛はユキさんに言われるまま、重箱をテーブルの上におき、風呂敷を解いた。三段重ねの重箱を一つ一つ開けていくと、歓声が沸き起こった。

色彩豊かな手毬寿司。肉巻きおにぎり、いなりずし、鶏肉の唐揚《からあ》げ、エビフライ、卵焼き。定番の日本料理は意外に海外の人に知られていない。

ご飯ものが苦手な人用に、大量のフィンガーフードを作った。

フィギュアスケーターに食事の差し入れは正直どうかと愛は思った。試合のときだと食中毒を恐れ、皆神経質になる。けれど、練習の後でお腹がすいているからか、ユキさんを信用してのことか、皆、先を競って、食べてくれた。料理をとりわける愛は質問攻めにあう。

「これ何?」

「えーと、からあ……あー、チキン」

「日本食ってカラフルね」

「いいね、おいしい。きみが日本料理店を出したら、食べに行くよ」

スケーターたちが愛に声をかけてきてくれる。ああ、ユキさんはこれを見込んで、愛を皆の前で紹介してくれたのだ。日本食の差し入れで、場は一気になごやかなものになる。

アンジェリカは一人で、大きなおにぎりをほおばっていた。危険視していたカテリーナのことは気にしていないようで、このささやかなパーティーを楽しんでいた。

愛が「おいしい?」と聞いたら、「ママの料理の次においしい」と答えた。彼女にとって、お母さんの料理の一番は絶対で、その言葉自体、枕詞《まくらことば》みたいなものなのだろう。つまり、日本料理を気に入ってくれたということだ。

「でも、あまりおいしいものを食べたくない」とアンジェリカは哀しそうな顔をした。

「どうして？」

「弟や妹たちが食べられないのに、自分一人で食べるのは申し訳ない」

愛は拙《つたな》い英語で、アンジェリカの特番を見たことを話した。日本人の愛には彼女が生まれ育った場所の名前を聞いてもピンとこなかったけれど、アンジェリカいわく、田舎《いなか》で何もないところらしい。水道と電気も通っていないという。

「その街まで電車とバスを乗り継いで片道三日かかるの。練習があるから家には帰れないわ」とアンジェリカは言った。

日本と違い、ロシアは広大な国だ。一つの国の中で、場所によって時差があるという。

「はやくシニアデビューして、世界チャンピオンになりたい。そうしたら、家の生活が楽になるし、私も皆に会える。チャンピオンになったら、ママは手料理で祝ってくれるって」

ああ、彼女がインタビューで答える「ママの手料理が食べたいです」にはそういう意味があったのか。愛は山瀬さんのほうを見る。

言葉を伝えるのは難しい。言葉を額面通り受け取ってしまうと、意味を取り違えてしまうこともある。発話者の人となりや背景を知らないと、意図していることが正しく伝わらない。

アンジェリカの発言を山瀬さんも聞いていた。アンジェリカは山瀬さんのインタビューで、ほとんど答えなかったという。今、アンジェリカが話した内容は、正式なインタビューで答えた内容ではないから、誌面に掲載されることはない。だけど、ここで知ったアンジェリカの境遇や人となりは、きっと山瀬さんの記事に反映されるのだろう。

ユーリは……と見ると、海苔をたっぷり巻いたおにぎり（ユキさんがうっかり酢飯にしてしまった）と唐揚げをとっていた。外国人だとお寿司に真っ先に飛びつくのに……。ユーリの中に日本人の要素がまだ残っていることを知って、愛はなんとなくうれしくなった。おまけに、あの唐揚げは、ユキさんの指示で、愛が揚げたものだ。ユーリと二人きりで話したいと思ったけれど、彼が愛が作ったものをもくもくと食べているのを見たら、そんなことなど、どうでもよく思えてきた。

「ちょっと、ユーリのTシャツ見ました？」

後片付けをしたときに、ユキさんが愛と山瀬さんに話しかけてくる。

「なになに？」

「ジャケットの下にすっごく悪趣味なTシャツ着てるの。ユーリ、どうしちゃったんだろう」

グレー地にピンクと黄色のハートがプリントされた、I Love TokyoのTシャツ。それは華ちゃんが買ったお土産《みやげ》用のTシャツだった。

気取った顔で、ユーリがそれを着てくれたのを見ると、なんだか笑いがとまらなくなった。

たぶん、華ちゃんが書いた手紙を読んでくれたのだ。

――私たちのことを思い出したら、これを着てね

手紙の文章は日本語だったけど、彼はちゃんと理解してくれたのだ。そして、愛と華ちゃんのことを覚えてくれている。

「ところで、愛ちゃん、ユーリと話した？」

笑い続けている愛にユキさんが訊いてくる。首を横に振ると、

「なんで話せてないの。せっかく日本食作ったのに！　いい口実だったじゃない！　ユーリ、ガツガツ食べてたでしょ」

山瀬さんとユキさんに責められたけれど、その日は幸せな気分で、何もかもどうでもよく思えた。

（ショーが終わったら、ユーリに一言挨拶《あいさつ》ができればいい。話せなくてもいい。ユーリの元気そうな顔を見たんだから）

ホテルに戻ったときは、そのくらい楽天的な気分になっていた。きっとユキさんのおにぎりが効いたのだろう。

マスカレード・オン・アイス、ペテルブルグ公演初日。

愛は、札幌のおばあちゃんが買ったVIP席に座る。最前列ではあるのだけど、リンクに絨毯《じゅうたん》を敷いた上にパイプ椅子《いす》を置いただけの席なので、足もとから冷えて寒い。

山瀬さんにならって、もこもこコートを持ってくればよかった。その山瀬さんはというと、二階のメディア席に座って、仕事をしている。今日はさすがに山瀬さんの邪魔はできない。

VIP席は寒いけれど、その隣はスケーター、関係者席なので、出番を控えているスケーターたちの様子を見ることができる。

本番のアイスリンクは、予想以上に絢爛《けんらん》豪華だった。天井からはシャンデリアのような飾りがいくつもつるされ、プロジェクションマッピングで宮殿のような内装が映し出される。

スケーターたちも衣装を身に着けると、練習のときとは別人のようだ。昨日、一緒にご飯を食べてくれた人たちと同一人物とは思えない。そこにいるのは、プロの一流スケーターたちだ。

ハチャトゥリアンの壮大な「仮面舞踏会」の音楽で、アイスショーの幕が上がる。

氷上の仮面舞踏会——マスカレード・オン・アイス。

皇帝、皇后《こうごう》役のスケーターたちが名前を呼びあげ、様々なデザインのヴェネツィアンマスクをつけたスケーターたちが舞踏会の正装でリンクに現れる。タキシードにドレス。皆スタイルがいいから、モデルのファッションショーのようだ。

黒いドレスのユキさんはダンサーっぷりを見せつけ、白いドレスのアンジェリカは小悪魔のように観客を誘惑する。

ペアを組んだユーリとカテリーナは、密かに特訓していたというペアのエレメンツをいくつも成功させた。シングルスケーターのユーリがスローの三回転サルコウ、サイドバイサイドの三回転トウループを成功させたときは、大喝采《だいかっさい》だった。

オープニングが終わり、スケーターたちが退場する。

これから、若手スケーター、ゲストスケーターの演技がはじまる。次の衣装に着替えたユキさんが愛のところにやってきた。プロスケーターたちと群舞を踊るようで、スパンコールが散りばめられた色鮮やかなワインレッドのドレスだ。

「どう？　楽しんでる？」と愛に小声で聞く。

「すごいです！　来てよかった！」

「ユーリたち、……どうだった？」

「よかったですよ。サイドバイサイドのジャンプ、完璧《かんぺき》でした！　申し分なしです！」

「完璧？」

ユキさんは眉間《みけん》に皺《しわ》を寄せる。

「ランディングもすべて、完璧だったの……？」

「ええ。この数日間でユーリ、猛特訓したんでしょうね。カテリーナと同じジャンプを跳んでましたよ。ユキさんが言ったように完全に同じリズムで。息もぴったりでした」

スケート関係者席には、ロシアのスケート連盟の人たちも招待されている。彼らの前で、ユーリはこれから、復活と実力をアピールすることになっている。カテリーナとのペア演技は、そのための、幸先《さいさき》のいいスタートに見えた。

ところが、ユキさんは顔色を変える。

「もし、ジャンプが完璧に決まったのだとしたら、大変なことだわ。ユーリは器用なタイプじゃないから……」

「どういうことですか？」

「ユーリ……ジャンプが跳べなくなるかもしれない」

ユキさんは不吉なことを口にした。

「杞憂《きゆう》だといいのだけれど……」

ユキさんは強張《こわば》った口元をゆるめ、愛に楽しむように言い残すと、舞台袖《そで》のほうに去っていった。

（ジャンプが跳べなくなる――？　そんな……）

愛はその不吉な言葉を頭から追いやろうとした。しかし、ユキさんの予想は当たった。

第一部の三番目に登場したユーリ。演目は昨シーズンのSP「ドン・キホーテ」。何度もリハーサルを見たので、愛がこれを見るのは五回目だ。

出だしのユーリの踊りは、キレがあり、一瞬にして観客を彼の世界にひきこんだ。

調子はよさそうに見えた。アイスショーでは、ふつう、照明が暗すぎたり、スポットライトが当たりすぎると、ジャンプに不調をきたすことがあるが、この会場の照明はほどよく薄暗い。演出や音響も、スケーターの動きが十分に考慮《こうりょ》されていた。

ところが――。

ユーリは最初の三回転トウループで、ミスをした。跳び上がった瞬間に、彼は回転をやめた。

パンク――。

（タイミングが合わなかった……？）

こういうことは、たまにある。タイミングが合わなかったり、跳ぶ瞬間に、前の選手の衣装の石《ストーン》が落ちているなどして、それに気をとられた場合だ。だけど、ジャンプの失敗は一回だけではなかった。

次のコンビネーションジャンプも抜けた。ジャンプが失敗すると、ほかのエレメンツにも影響が出る。さすがに最後の二回転アクセルは意地で決めたが、ステップのターンが甘く、スピンの軸《じく》がぶれたりした。ユーリらしくない、演技だった。

（リハーサルのときは完璧だったのに、どうして……）

お客は二部の五輪金メダリストたちの演技を観に来ているので、ジュニアの選手がミスをしたところで、気にする人はいない。気にしているのは、おそらく、ユーリ一人だけだ。

（連盟の人がいるから、緊張した？）

愛は関係者席の連盟の人たちを見た。しかし、彼らもユーリのことなど、気にかけていないようだった。

——カテリーナは危険。

突如、アンジェリカの言葉が思い出される。

愛は出番が終わり、関係者席に戻ってきたアンジェリカの顔を見た。

アンジェリカの滑りはいつも通りだった。彼女はユーリを心配してはいるけれど、それが滑りに影響することはない。

（どうして、ユーリはジャンプが跳べなかったんだろう。緊張で？　三回転ジャンプは練習では完璧だったのに……。カテリーナと練習していたときも、サイドバイサイドは決まっていたのに……）

愛ははっとする。

（ユーリはカテリーナとジャンプを練習した……）

戦慄《せんりつ》が走った。アンジェリカの忠告はこのことだったのだろうか。

ユーリがジャンプが跳べなくなったのは、カテリーナと長時間、練習したからだ。ユーリは、カテリーナとサイドバイサイドのジャンプの練習を繰り返していた。ペアはどちらかのタイミングに合わせなければならない。ユーリはカテリーナのタイミングに合わせて跳んでいた。

何度も練習を重ねた結果――彼は、自分のリズムをこわしてしまったのではないだろうか。

(どうして、こんな大事なときに……。連盟の人が来ているところで……)

第一回の公演が終わったあと、ユキさんはイライラした口調で山瀬さんに話していた。ユキさんはユーリの不調の原因に気づいていた。

「ユーリには、ペアの練習をしすぎるなと言ったのよ。それなのに――カテリーナに頼まれて、ユーリ、毎日ペアの練習をしたそうじゃない。ペアは、時間をかけて、お互いに歩み寄って、最良のエレメンツを作らないといけないのに……。カテリーナはユーリ以上に相手に合わせるタイプじゃないから、ユーリが彼女に合わせるはめになったのよ。それで、ジャンプをくるわせたの」

会場の裏口で山瀬さんを待っている愛のもとにアンジェリカがやってきた。

「だから、忠告したのに……。カテリーナはユーリと合わないって……」

彼女は溜息をついて、愛が座っているベンチの隣に座った。

「ユーリはシングルスケーターに未練があるようだったから、安心していたんだけど……。ユーリは負けず嫌いだから、誰よりも完璧にペアらしくあろうとして、失敗したんだわ。もっとも——それもカテリーナの手だったのかもしれないけど」

アンジェリカが話していることの、半分は愛はわからなかった。だけど、アンジェリカがユーリを心配しているのは伝わった。

「カテリーナは悪い人ではないの。彼女はユーリのためを思って、ペアの特訓をしたのよ。ロシアの連盟から放出されたユーリがカナダでペアに戻れるように。ユーリにはペアのブランクがあったからね。もしかしたら将来的に、カテリーナはユーリと組みたいと思っていたのかもしれない。彼女の旦那《だんな》さんは七歳年上で、先に現役《げんえき》を引退するでしょうし」

アンジェリカはゆっくりかみ砕《くだ》くように愛に伝えた。

「でも、カテリーナではだめなの。リズムが違うんだもの。カテリーナがそこまで意図したかわからないけれど、彼女がやったことは、シングルスケーターのユーリを潰すことだったの。そんなユーリを自分の将来のパートナーとして、カナダに連れて帰っても意味はないの。だって、ジャンプをくるわされたら、ほかのところもくるうのよ。ひとつのことができなくなると、歯車がくるって、ほかのエレメンツもできなくなる」

「それって……」

愛は息をのんだ。華ちゃんの真似《まね》をして、スランプに陥《おちい》っていた、昨シーズンの愛のような状態ではないだろうか。

アンジェリカは息を吐いた。

「長いスランプに陥ることになるわ。ペアスケーターとしての成功もない。そうなると、ユーリは完全に選手をやめないといけなくなる。そんなユーリの姿を見たら、リューバは悲しむわ。どうにかしたいのに。私じゃどうすることもできないの……」

その日の夜の公演。

再び仮面舞踏会の幕が上がる。

華麗《かれい》なオープニング。タキシード姿のユーリの傍にはふわふわの白いドレスを着たアンジェリカがついていた。けれど、アンジェリカから横取りするようにゴールドのドレスを着たカテリーナがユーリとペアを組みに行った。ユキさんの忠告を聞き入れたのか、ユーリとカテリーナはジャンプを跳ばなかった。二人はエレメンツを変え、ステップとスパイラルでリンクを一周する。足を高く上げ、重なり合うようなアラベスクスパイラル。一見、華やかでとてもきれいなペアスパイラルに見える。が、足元を見るとよくわかった。いかにユーリが無理をしているか――。ユーリとカテリーナはお互い、滑り方に癖《くせ》がある。エッジの深さが違う。カテリーナを支えて滑ると、ユーリのエッジはいつもの角度で滑れなくなる。

オープニングの男性群舞の踊り。シングルスケーターがそろって三回転トウループを跳ぶところで、ユーリだけが着氷でよろめいた。彼の普段の姿を知らない人からすると、一スケーターの失敗かもしれないけれど……。彼は、目を覆《おお》いたくなるほど、ボロボロだった。

（こんなユーリを見にきたわけじゃない……）

アンジェリカも言っていたが、ユーリ自身、自分の不調の原因に気づいていない。気づいたところで、時間はない。どう直していいかわからないだろう。

「どうしよう……」

愛は関係者席を見る。皆はユーリに対して諦めの姿勢でいる。

連盟の人たちは、ユーリには無関心だ。だが、お金をもらっているショーでの度重なる失態。今後、ユーリはアイスショーの主催者にも声をかけてもらえなくなるかもしれない。

「私がしっかり注意しておけばよかったわ。カテリーナはさすがに強いわね。ユーリの不調は彼女が原因だけど、自分の知ったこっちゃないって感じ。女王様よ。まあ、確かにカテリーナに落ち度はないんだけど……」

自分の出番が終わったユキさんが、愛の隣の空席に腰を下ろす。

そう、欧米人的《おうべい》な考えからすると、カテリーナは悪くない。彼女は自分のスケートのためにベストを尽くした。自滅したユーリのほうが、責任を問われる。

「怪我《けが》をしたユーリがその後、リハビリでがんばっていたのを見てきた身としては、つらくて見てられないわ……。ジャンプはだめでも、どうにかしていつも通りの平常心で滑ってほしい。彼のスケーティング技術は、シニアのトップ選手にひけをとらないのに……」

ユキさんはくやしそうに言った。

ドン・キホーテの衣装に着替えたユーリが舞台袖《そで》でスタンバイしているのが愛の座席からちらりと見えた。あと五分後には彼の出番が来る。

氷上に立つ彼の顔はこころなしか暗い。

愛は、昨シーズンの全日本ジュニアを思い出した。気ばかり焦って、ひどい滑りだった。優勝候補の華ちゃんの妹ということで、会場ではカメラに追われ、インタビューも受けた。会う人は皆、笑顔で愛に言葉をかけてくれた。

「がんばってね」

「応援してるよ」

華ちゃんは誰が何を言っても、その言葉を笑って受け流すことができるし、逆に応援が力になるタイプだ。でも、愛はそうではなかった。善意の言葉なのに――それを聞くたびに体が重くなっていた。だけど、試合前はそれがプレッシャーだという実感はなかった。

足元の感覚がおかしかったので、靴《くつ》のせいだと思っていた。事実、靴の調子はおかしかった。

試合では、頭は冷静なのに、一つずつミスを重ねていった。次も失敗するのだろうと思ったら、また失敗した。どうやって演技を終えたのか——記憶がなかった。

あとで自分の演技の動画を観たときにわかった。心の不安がそのまま滑りに出てしまっていた。ユーリもそうだ。ショーで、彼の心の不安がそのまま滑りにも出てしまっている。まるで、素のままのユーリが……。

(素のままのユーリ……)

そうか……。

「愛ちゃん?」

脳にあることがひらめき、愛は、立ち上がった。隣に座っていたユキさんを押しのけ、ユーリのほうに向かう。

立ち上がった愛に、背後からロシア語の声が飛ぶ。演技中に席を立ったことを注意されたのだろう。

(ごめんなさい!)

愛は心の中で、謝る。でも、行かないと……。

愛はあることに気がついた。

氷上の仮面舞踏会。この、一流スケーター揃《ぞろ》いのマスカレード・オン・アイスで、ユーリはただ一人、スケーターの仮面をつけていない。そう、スランプになると、仮面をつけることを忘れてしまう。彼は——十七歳の少年のまま、氷の上に立ってしまっている。

リハーサルを何度も観てきたから、愛はユーリのスタート位置を知っている。ユーリは前の滑走者の演技が終盤にさしかかると、舞台袖から氷の上に出てきて、特設ステージが作られたリンクサイドのフェンス前に移動する。前の滑走者が退場し、名前を呼ばれたら、そこからリンクの中心に滑っていく。

愛はユーリの場所に向かった。

「ユーリ……！」

フェンス越しにユーリの前に立つが、ユーリは愛に気がつかない。

ユーリの前に滑ったスケーターの演技が終わり、拍手が聞こえる。舞台が暗転する。

真っ暗闇だから、拍手の音にまぎれて、愛は大胆《だいたん》になれた。

「ユーリ、こっち向いて！」

彼の袖口をつかみ、彼の顔をひきよせる。

思いついたのは、いつだったか、子供の頃にユーリにやってもらったおまじないだった。

両手で彼の頬《ほお》をはさむ。オープニングで踊ったばかりだというのに、ユーリの肌は氷のように冷たい。

「大事なこと忘れている。仮面……！　仮面をつけて！　ユーリ！」

愛は日本語で言った。でも、ユーリからの反応はない。ああ、日本語だとわかってもらえないのだろうか。はやくしないと、照明がついてしまう。フェンスから身を乗り出しているから、落っこちそうだ。

「何かあったのか？」

「大丈夫？」

特設ステージの上からも声がする。はやく終わらせないと、ショーの進行に妨げが出る。

「ユーリ、マスク！……だっけ、マスク……マスク……プリーズ……ハリー！　えーと、ハリーアップ！」

くりかえしていると、ユーリの頬がふるえはじめた。どうしたんだろう。気分でも悪いのだろうか。そう思っていると、

「英語……超下手《へた》」

かすれ声で、日本語の言葉が返ってきた。

「え……？」

（今、英語、超下手って言った……？）

まさか、彼が言葉を返してくれると思わなかったから、愛は狼狽《ろうばい》する。暗闇の中で、ユーリの目がこちらを見ていた。彼は笑いが止まらないらしく、肩をふるわせていた。

どうして彼はこの状況で笑えるのだろう――。そう思っていたときだった。

ユーリはぼそりと言った。

「仮面をつける……って、英語でなんていうか知ってる？」

彼の声はまだ笑っていた。どこか人を小ばかにしているような口調だった。愛は少しむっとしながらも答える。

「mask……だけじゃダメなの？」

“Wear your mask.”

ユーリがそう言った瞬間、空気がふっとゆるんだ。彼がほほえんだのだ。

（六年前――最初から英語で教えてくれればよかったのに……）

なんだかとても気恥ずかしくなったけれど、今更やめられなかった。

フェンス越しにスケーターと対峙《たいじ》する愛は、さながら競技会で選手を送り出すコーチのようだ。愛の両手で顔を押さえつけられたユーリは、愛のなすがままになっていた。

「いい？　ユーリ、仮面をつけるのよ」

愛の両手に、ユーリの手が重なった。彼の手は冷たかった。

「ユーリ、あなたは何になりたい？」

かつて、愛はユーリに同じ質問をされたとき、金メダルがとれるスケーターになりたいと言った。彼は――なんと答えるのだろう。

愛はユーリの大きな目を見た。暗闇の中で彼の目は、愛をまっすぐ見つめていた。ややあって、低い声が響いた。

「スケーター」

ユーリはくしゃっと笑った。それは、いつか——愛が見たことのある笑顔だった。

六年前、アッシュブラウンの少年が笑った顔。なつかしくて胸がしめつけられた。

「スケーター……?」

「ある女の子と再会するために、世界選手権に出られるスケーター」

最後にユーリが言った言葉は英語だった。おまけに早口だったから、何を言ったのか、愛にはわからなかった。そして、言い終えたユーリは「スパシーバ」と言った。

その瞬間、愛の右頰に何かがふれた。

(なんだろう……)

そう思ったときには、ユーリはもう目の前にいなかった。

彼はスポットライトを浴び、リンク中央に進み出ていた。

ドン・キホーテ。仮面をつけた彼がどんな演技をしたのか——実は、愛は覚えていない。

ただ、曲が終わり、大歓声の中でお辞儀《じぎ》をした彼がどれだけ神々《こうごう》しかったか、それだけは目に焼きついている。

マスカレード・オン・アイスの練習が行われたズヴォーズヌィ・リンク。

(今日でこのリンクともお別れ――)

ズヴォーズヌィ・リンクでのアイスショーの打ち上げに参加した愛は、ユーリを探した。

彼は――サブリンクにいると聞いた。深夜営業のサブリンクで、アイスショーの後も練習しているのだろうか。

「ユーリ……」

サブリンクに行くと、ユーリが滑っていた。

「愛!」

彼は手を上げて、愛のもとに寄ってくる。リンクにはほかに誰もいない。

ずっと会って話したいと思っていたのに、いざ二人きりになると、言葉が出てこなかった。

「あ……と、お疲れ様です」

「あ、どうも。お疲れ様です」

日本人的なやりとりを交わし、愛とユーリは顔を見合わせて笑った。

「僕のピンチにはいつも愛が現れる」

ユーリは英語で何かを呟いたけれど、聞き取れなかった。

「ごめん、私、日本語じゃないとわからない」

「ああ、そっか。でも、僕の日本語も──結構下手《へた》になっていると思うんだけど」

ユーリは少し考えたあと、愛に拝むようなジェスチャーをした。

「ごめん、愛を無視するつもりじゃなかったんだけど、マスカレード・オン・アイスに集中したかったんだ」

「ううん、私こそ、ごめんなさい。ユーリにとって大変なときだってことを知らなくて」

「愛が……ロシアに来るとは思わなかった。再会を約束したのは、世界選手権だったのに」

「だって……」

愛は口ごもる。ユーリの口調は愛を責めているようだった。なんだか雲行きがあやしくなったので、愛は話題を変えた。

「そうだ、ユーリ。華ちゃん、世界ジュニアの同じ試合に出てたんだよ」

「ああ、あとでアンジェリカから聞いて知った」

「現地で見かけなかった？」

「あのときは……自分の膝のことで頭がいっぱいで、余裕がなかった」

「そっか……」

「華は世界に出てきたけど、愛は？　全然ニュースで名前見てないけど」

「小学生のとき、全日本ノービスAで三位とったよ」

「全日本ジュニアは？」

「入賞圏外」

「だめじゃん……」

ユーリは軽く溜息をつき、肩をすくめた。

「だめじゃないもん。私もがんばったよ。スケートのレッスンを休んだことないし……」

言いかけて、愛は気づいた。それくらいの努力、誰もが行っているのだ。結果を出していないのに、自慢するようなことではない。

「――でも、ここに来て、それくらいの努力じゃ、上に行けないこともわかった。トップ選手がどのくらいの高さにいるのかも知らず、毎日リンクに行っていれば、世界に行けると思っていた……」

漠然《ばくぜん》と目指すだけではだめなのだ。ちゃんとしたビジョンを持たないと。

「ユーリ……名字が変わったから、ずっと探せなかった」

「探す必要なかっただろう？　世界選手権で会うつもりだったんだから」

「そうだけど……。まさかロシア代表だなんて」

ユーリの両親は離婚し、ユーリはお母さんにひきとられた。その後、ユーリのお母さんはロシア人と再婚した。愛が想像した以上に、ユーリの六年間は複雑だった。

「実は、六年前――日本に行ったとき、フィギュアスケートをやめるつもりだったんだ」

「え……？」

「当時、両親はすでに離婚協議に入っていたんだ。で、僕は父親にひきとられることになった。最終的に選ぶ権利は僕にあると言っていたけれど、強引に日本に連れて行かれた。僕はスケートをやめたくなくて――無理をいって、近所の荒川のリンクに通わせてもらった。荒川のリンクは楽しかった」

ユーリは目を細める。

「皆、あまりスケートは上手じゃなかったけど、のびのびとしていて……。僕はフィギュアスケートは楽しいものだっていうことをずっと忘れていた」

その後、ユーリはカナダに戻った。妹のリューバと共にお母さんにひきとられることになったという。そのときの話、それからの話を聞きたかったけれど――六年間もの長い時間を、一瞬で説明するなんて不可能だと思い、愛は訊くのをやめた。リューバのことも、リューバが亡くなった理由も。ゆっくり、時間をかけて、知っていきたい。

「ねえ、六年前、ユーリが私に初めて三回転ジャンプを跳ばせてくれた、あのトレーニング法って……」

「ああ、スロージャンプ？」

（やっぱりそうだったんだ……）

「本当は素人《しろうと》にやっちゃいけない技だったし、怪我《けが》の危険もあるから、段階を経てやるエレメンツだったんだけど。トロントのリンクでは普通に練習していたから、つい……。もちろん、本格的なものじゃなくて、軽く投げただけだけど……。こわかった……よね？幸い、転倒しなかったけど、投げられたとき、愛は呆然としてたし」

「ううん、違うの。うれしかった」

「え……？」

「高いジャンプを跳ぶ人って、こんな光景が見えるんだって思った。自分の力では絶対にあんな高さのジャンプって無理だもん」

「そっか……」と、ユーリは笑った。「そういうところ、やっぱり、リューバに似てる」

リューバに似ているのがいいことなのかどうかわからない。でも、リューバの話をするとき、ユーリはとても幸せそうな顔をする。その顔は、六年前とちっとも変わっていなかった。

「あ、そうだ。ユーリ、リューバといえば、『ガブリエルのオーボエ』、滑ってしまってごめんなさい」

「あやまることはないよ」

「だってユーリと妹さんの大切な……」

「違う違う。あのとき僕はただ、驚いたんだ。そこに……リューバがいたんじゃないかと思った。幽霊じゃないかと……。ごめん、死んだ人に似ているなんて言われたら、気持ち悪いよね」

「ううん……そんな……」

二人の間に沈黙が落ちる。話したいことは山ほどある。でも、山ほどありすぎて、何から聞いていいのかわからなかった。それに——ユーリと話をするのも、何か違う気がした。

「愛、スケート靴持《ぐっ》ってきてる？」

沈黙の後、ユーリが訊いた。

「あ、うん」

「じゃあ、滑ろう」

「え……？」

「『ガブリエルのオーボエ』を……」

唐突《とうとつ》な申し出に、愛の頭の中は一瞬、真っ白になる。

「ユキのレッスンで愛のサポートを頼まれたとき、ショーの後でって言っただろう？」

そうだった。そうだったけど——。

「だって、ユーリ、私、ペアなんて、滑ったことがない……」

「大丈夫。愛ならできるよ」

そう言って、ユーリはうなずいた。彼の言葉はいつも、愛に魔法をかける。

「え……音楽？」

打ち上げ会場に音楽が響き、ざわめきの声が走る。

「こんな時間に曲かけ練習……？　一体、誰よ……」

「しっ、待って。この音楽って……」

「『ガブリエルのオーボエ』？」と、アンジェリカが呟《つぶや》いた。

「ユーリ？　ユーリが滑っているの？」

ユキさんと山瀬さんは会場を抜け出し、リンクに向かった。二人の後をショーの参加者たちもついてきた。何かのイベントだと思った人もいたようだ。

「一体誰と――？」

「まさか、カテリーナと……」

「違う、あれは……」

二階の観覧席から、リンクをのぞいた一同は、言葉を失った。

アンジェリカが呟いた。

「すごい……」

ガブリエルのオーボエ。

愛は、ペア版の演技は一度しか観ていない。アンジェリカと一緒に観た、モスクワでのサマーキャンプの映像。そこでユーリとユーリの妹が滑ったものだ。

練習をはじめる前、ユーリは言い訳のように言った。

「カテリーナとペアを練習したのは。ペアの感覚を取り戻したかったからなんだ。いつか、ペアに戻ろうと思った。リューバがそう望んでいる気がした。カテリーナにふりまわされるとは思わなかったけど……」

愛とユーリは氷の上で、軽く振付の確認をする。

冒頭のパ・ド・ドゥ。本当だ。ユーリの体はバーのように安定していて、踊りやすい。

二人は音楽を聴きながら、動きとタイミングを打ち合わせる。

「ツイストとデススパイラルは抜くけど……」

「うん」

「愛、仮面をつけた？」

「つけた」

誰もいないリンクで、二人は手をつないで、中央に進み出る。

タイマーセットした音楽が鳴り響いた。

この感覚を愛は覚えていた。

六年前、ユーリとこうして手をつないで滑ったことがある。

彼と呼吸を合わせ、助走する。バッククロスで右、左、右、左……。彼と歩調をあわせる。

彼が何も言わなくても、彼がしたいことがわかる。ユーリと一緒に滑るのは楽だ。

最初はサイドバイサイドのジャンプ。三回転ルッツから三回転トウループ。

愛はユーリの動きを見て、ジャンプする。

（決まった！）

次はツイストを抜いて、スロージャンプ。ユーリが愛の腰を持って引き寄せ、投げ上げる。自分では決して跳べない高さに投げてもらえる。

ユーリがカテリーナとやっていたような本格的なものではない。自分で跳ぶジャンプより、少しだけ高さのあるジャンプ。

愛は二回転して、余裕を持って片足で降りる。

（これなら、三回転、回れるかもしれない――）

デススパイラル、リフトは省略する。音楽が流れている間、二人で打ち合わせる。

「愛、次のスローは三回転サルコウでやってみようか」

「わかった」

そして、カウントをとらずに、同時にスタートする。

このタイミングはユーリの妹の演技を見て、覚えている。

「スロー三回転サルコウ！」

それから。それから――。

終盤のサーペンタインステップ。凝《こ》った振付の、一番の見せ場だ。二人で並んで滑る。それは不思議な感覚だった。愛が動くと、ユーリが動く。まるで光と陰のように。

手を伸ばすと、そこにユーリがいる。ユーリの顔がある。

曲が――終わるのが惜しかった。この時間がなくなるのが。

正直、後半はユーリについていくのに精一杯だった。男性だけあって、ユーリのスケーティングはスピードがある。エッジが深く、尋常《じんじょう》でなく体を傾ける。油断すると転びそうになる。

だけど、彼に追いつこうと思うと、自分のスケートも少しずつよくなっていったように思う。

最後のコンビネーションスピンは、ちょっとだけぐだぐだだった。

愛がへばってしまったのもあるし、キャメルスピンの後、どう続けていいかわからなくなった。フィニッシュで、ユーリは愛の体を高く持ち上げ、肩にのせる。

「わあ……」

そこは競技会のリンクではない。

だけど、どこからか拍手が聞こえるような気がした。

「すげーよ……。マジすげー……」

ユーリから、ずっと聞きたい言葉をひきだしていたのに、愛の耳には聞こえていなかった。

「すごいよね」

愛は、驚いた。

「背が高い人って、こんなふうに世界が見えているんだ……」

＊＊＊

フィギュアスケート雑誌「The Skaters」vol.8に、後に白井愛とペアを組んだユーリ・レオノフのインタビューが載っている。

インタビューは、二〇一五年マスカレード・オン・アイスの後に行われたものだ。


——子供の頃、白井選手と同じリンクで練習していたそうですね。会ったときのことを覚えていますか？

——もちろんです。

——第一印象は？

——普通の女の子でした。いつも僕のあとをついてきたので、妹のリューバに似てると思ってました。でも、一緒に滑るうちに、彼女は普通じゃないことに気づきました。

——普通じゃないって……例えば？

――ある日、僕が跳んだジャンプと同じジャンプを彼女が跳んだんです。一歳年下の、それも女の子ですよ。なんのジャンプを跳んだのか、まったく自覚もないまま、愛は二種類の三回転ジャンプを跳んだんです。それから、スローをやって……シングルジャンプだったんですけど、片足で着氷したんです。彼女の逸話なら山ほどありますが、びっくりしたのは、僕が滑ったプログラムを、僕の癖《くせ》まで完全にコピーしたことですね。

――白井選手のコピー能力、私も見たことあります。大泉スケートセンターで伸び悩んでいたときに、お姉さんの真似《まね》をして、試行錯誤《しこうさくご》していた時期があるんですよ。

――愛本人から聞きました。『窓際』のことですよね？　落ちこぼれのグループだって。

――落ちこぼれ？　違うんですよ。このインタビューが掲載される頃には、皆知っていると思いますけど、大泉スケートリンクの『窓際』って、実はペア候補の女の子を集めたグループなんですよ。

――ペア……ですか？

――そうです。シングルより、ペアに転向したほうが伸びそうなスケーターたちです。連盟の人に口止めされていましたけど、日本のスケート連盟は、次の五輪に向けて本格的にペアの強化をはじめるそうなんです。白井選手にもそろそろペア転向の打診《だしん》があるのではないでしょうか。本人はレオノフ選手と同じように、シングルに未練があるようですけど、かつて日本にはシングルとペアを両立していた選手はいますからね。

――そうなんですね。愛なら度胸も、根性もあるから、ペアに向いていると思います。もしかして、それで雑誌のスケートレッスン企画でペアを？

――それは、本当にたまたまだったんですけどね（笑）。本当はお姉さんの白井華選手に依頼するはずでしたから。

――じゃあ、再会できたのは、本当に偶然だったんですね。

――レオノフ選手、マスカレード・オン・アイスの打ち上げの後、白井選手と世界選手権での再会を誓ったようですが。

――ええ、再会を誓いました。愛は家の経済事情のことを心配していましたけど、前向きに検討《けんとう》してみるそうです。再会できたら、今度は二人で世界を目指します。

――え？　それって、ペアを組むってこと？　白井選手にはもう話してあるんですか？

――まだです。でも、山瀬さんの話を聞いたら、急がないといけない気がしてきました。愛が日本でパートナーを見つける前に。二人で完成させたいプログラムがあるんです。だから、なんとかして僕も世界選手権に行く方法を考えます。世界選手権で再会したら、必ず愛をスカウトに行きます。

山瀬さんのこのインタビューは、無名の選手のインタビューということで、すぐには記事にならならなかった。この記事が雑誌に掲載されたのは、これから二年後。
　二〇一五年八月、マスカレード・オン・アイスが終わり、日本に向かう飛行機に乗っている愛は、この内容をまだ知らない。

〈了〉

解説・ペアスケーティングの魅力

タマラ・モスクヴィナ

私は日本に試合で行くたびに、日本のフィギュアスケートファンの方の熱狂ぶり、真摯《しんし》な応援に驚かされます。観客席はいつも満席で、自国の選手だけでなく、外国の選手にもあたたかい声援が送られます。ロシア語の声援を聞いたこともあります。この心のこもった応援をうれしく思わない選手はいないでしょう。

皆さんご存知のとおり、フィギュアスケートには男女シングル、ペア、アイスダンスの四種目があります。日本では一般的に男女シングルの人気が高いようですが、ロシアではペアも人気があります。

私は長年ペアのコーチをやっておりますので、この場をお借りして、読者の皆さんにペアスケーティングの魅力についてお話しさせてください。

皆さんはどんなペアのエレメンツをご存知でしょうか？

ペアには、「ツイスト（ツイストリフト）」というエレメンツがあるのですが、ご覧になったことはありますか？　男性が女性の体を高く空中に投げ上げ、その後、空中で二、三回転、あるいは四回転した女性を男性がやさしく、力強くキャッチする技です。実際に生で見ると、このスピード、迫力に驚かれると思います。

また、ペアには「スロージャンプ（スローイングジャンプ）」というエレメンツがあります。その名のとおり、投げるジャンプです。男性は猛スピードで女性を前方に、高く投げます。女性は空中で回転し、男性から3～5メートル離れたところに片足で着氷します。女性が必ずしもうまく着氷できるとは限らず、固い氷の上に転倒することもあります。このエレメンツは見る人をひやりとさせるようです。

それから「リフト」。男性は上に手を伸ばし、頭上に女性を持ち上げます。その状態で、男性は女性を運びながら回し、女性は目が回りそうなほどの高さで、バランスを保ち、ポジションを変えます。見せ場として、男性は女性をリフトしたまま、片足で滑ることもあります。

こわがらせてばかりで恐縮なのですが、ペアには文字通り、「死の螺旋《らせん》」というエレメンツもあります。英語で「デススパイラル」というエレメンツなのですが、この名前はだてではありません。男性と女性が片手をつなぎ、男性を軸《じく》に、ほぼ水平に体を倒した女性が時計の針のように円を描くエレメンツです。このとき女性の頭は氷面すれすれで、体は男性の片手に支えられています。もし、男性が手を放してしまったら、女性は転倒し、氷に頭を打ち、観客席からは「ぎゃー」とか「ひー」といった恐怖の悲鳴が上がることでしょう。

では、ペアは本当に危険で、恐ろしく、リスクが高いだけの種目なのでしょうか？　もちろん、違います。

ペアの面白さ、神髄《しんずい》は、男女二人のユニゾンです。身長、年齢、筋肉量の異なる男女が寄り添って、影のように、あるいは向かい合って鏡のように滑る――二人が一体となり、シンクロしてジャンプ、スピンを行っているとき、あたかも一人のスケーターがもう一人のスケーターをコピーして滑っているような印象を受けることでしょう。

また、ペアには多彩な表現方法があります。シングルと同じジャンプ、スピン、ステップだけでなく、先にお話ししましたとおり、ペア特有の、二人で行うエレメンツが数多くあります。ペアは（二人いますので）、曲の雰囲気《ふんいき》を表現し、氷の上に物語を創造しやすいです。

難度が高く、アクロバティックなエレメンツであればあるほど、成功したときの喜び、失敗したときの落胆《らくたん》、スリル――観客が受ける感情の起伏《きふく》の幅は、シングルの演技を見るときより、大きいようです。が、同時にこういったダイナミックなペアのエレメンツを行うスケーターたちの勇気と覚悟、パートナーに対する絶大な信頼感に感銘《かんめい》を受けることでしょう。

何よりこれらのエレメンツは曲と調和しなければなりません。ですので、プログラムの選曲がより重要になります。古びることのないクラシック音楽、現代曲、映画のサウンドトラック、民族音楽――観客の皆さんは、観戦時にさまざまなジャンルの音楽を楽しむことができます。

ロシアのペアはロシアの「芸術世界」――ロシアバレエ、ロシア音楽、ロシア演劇、劇場芸術――がもたらした伝統と実績を受け継いでいます。ロシアのペアスケーターたちは必ず演劇を習いますし、バレエを観に劇場に通います。

日本にもロシアバレエやロシア芸術の愛好家の方が数多くいらっしゃるそうですが、ロシアのペアをご覧になると、そこに必ず、ロシアバレエの面影《おもかげ》、影響を見い出すことができるでしょう。ロシアのフィギュアスケーターたちにとって、バレエレッスンは必要不可欠ですし、ペアスケーターたちにとってもそうです。氷の上で、劇場の舞台でバレエのパ・ド・ドゥを踊るように、魅《み》せなければならないからです。

フィギュアスケートにおける劇場芸術の影響についてお話ししましたが、コスチューム、ヘアスタイル、メイクも同様です。プログラムの音楽、世界観を損《そこ》ねてはいけません。すべてを統一させる必要があるのです。

親愛なる読者の皆さん、日本には素晴らしいスケーターがたくさんいます。ページの都合上、全員の名前を挙げるのは不可能ですが、羽生結弦《はにゅうゆづる》選手の勇猛果敢《ゆうもうかかん》さと向上心、浅田《あさだ》真央《まお》選手の優雅《ゆうが》さ、高橋大輔《たかはしだいすけ》さんの表現力、小塚崇彦《こづかたかひこ》選手の気品、安藤美姫《あんどうみき》さんのセクシーさ、それにリスク、エモーション、デュエット、劇場を付け加え、ミックスしたものが、「ペアの魅力」になります。

どうか、ぜひ一度、ペアの演技を生でご覧になってください。よろしかったら、私がトレーニングしている川口悠子《かわぐちゆうこ》&アレクサンドル・スミルノフ（ロシア代表）の演技をご覧ください。川口悠子はとても才能のある、芸術性にすぐれたスケーターです。


「ペアスケーターを志《こころざ》す少年少女の話が書きたい」とおっしゃり、私たちのホームリンクに取材にいらっしゃった一原《いちはら》みうさんがその経験と知識を存分に生かし、この序章の後、本格的な「ペアスケーターの物語」をお書きになれますように。

フィギュアスケート、ロシア芸術に造詣《ぞうけい》の深い方たち——一原みうさん、長谷川仁美《はせがわひとみ》さんとのインタビューの時間は、とても楽しいものでした。

オレンジ文庫様のますますのご発展を、遠いロシアからではありますが、心より祈念《きねん》いたします。

日本の皆さんへ、「ありがとう。愛しています」（私はこれだけは日本語で言えるんですよ！）

二〇一五年一一月　吉日

謝辞

本作品の執筆に際し、多忙な時期にもかかわらず、取材を許可してくださり、様々なご助言、ご指導を賜りましたモスクヴィナコーチ、川口悠子選手、写真を提供してくださいましたミーシンコーチ、ユビレイヌィリンクの皆様に心より深謝いたします。

フィギュアスケートライターの長谷川仁美様にはインタビュー他、多くのご協力をいただきました。快く引き受けてくださり、感謝しております。

ロシア滞在中はO様に、ロシア、バレエ事情に関しましては、留学経験のあるK池様、M村様、H山様に本当にお世話になりました。ご丁寧なご指摘ありがとうございました。

ロシア語の専門書の読解に際し、O．D様に多くの示唆をいただきました。

皆様に心から感謝の気持ちと御礼を申し上げたく、謝辞にかえさせていただきます。

一原みう

※この作品はフィクションです。実在の人物・団体・事件などにはいっさい関係ありません。

集英社オレンジ文庫をお買い上げいただき、ありがとうございます。
ご意見・ご感想をお待ちしております。

● あて先
〒101-8050　東京都千代田区一ツ橋2-5-10
集英社オレンジ文庫編集部 気付
一原みう先生

集英社
オレンジ文庫

マスカレード・オン・アイス

2016年1月25日　第1刷発行

著　者　一原みう
発行者　鈴木晴彦
発行所　株式会社集英社
〒101-8050東京都千代田区一ツ橋2-5-10
電話【編集部】03-3230-6352
【読者係】03-3230-6080
【販売部】03-3230-6393（書店専用）
印刷所　凸版印刷株式会社

※定価はカバーに表示してあります

ISBN 978-4-08-680059-4 C0193